Conversas com
Cortázar

Ernesto González Bermejo

Conversas com Cortázar

Tradução:
Luís Carlos Cabral

Prefácio à edição brasileira:
Eric Nepomuceno

Jorge Zahar Editor
Rio de Janeiro

Título original: *Conversaciones con Cortázar*

Tradução autorizada da edição espanhola
publicada em 1978, por EDHASA,
de Barcelona, Espanha

rua México 31 sobreloja
20031-144 Rio de Janeiro, RJ
tel.: (21) 2240-0226 / fax: (21) 2262-5123
e-mail: jze@zahar.com.br
site: www.zahar.com.br

Capa: Sérgio Campante

CIP-Brasil. Catalogação-na-fonte
Sindicato Nacional dos Editores de Livros, RJ.

G653c González Bermejo, Ernesto
Conversas com Cortázar / Ernesto González Bermejo; tradução Luís Carlos Cabral; prefácio à edição brasileira Eric Nepomuceno. — Rio de Janeiro: Jorge Zahar Ed., 2002

Tradução de: Conversaciones con Cortázar
ISBN 85-7110-681-9

1. Cortázar, Julio, 1914-1984 — Entrevistas. 2. Escritores argentinos — Século XX — Entrevistas. I. Cortázar, Julio, 1914-1984. II. Cabral, Luís Carlos. III. Nepomuceno, Eric, 1948-. IV. Título.

02-1506 CDD 868.99323
CDU 860 (82)-3

Sumário

Prefácio

à edição brasileira

Este livro é uma porta aberta, uma janela escancarada: entre e converse com Julio Cortázar

As conversas de um jornalista de primeira linha com um escritor de primeiro quilate podem resultar em duas coisas: um sutil confronto de vaidades, ou um registro denso, esclarecedor, enriquecedor e permanente.

O repórter uruguaio Ernesto González Bermejo pertencia à melhor estirpe do jornalismo de seu país, escola de mestres do ofício na América Latina. O argentino Julio Cortázar foi, sem dúvida, não apenas um dos escritores de maior calibre da segunda metade do século XX, como um dos contistas mais notáveis de todos os tempos.

Foram amigos, compartilharam durante anos a condição de expatriados numa mesma cidade, Paris, militaram ativamente em duas frentes: a da vida e a do ofício de escrever.

Um belo dia, em 1977, Ernesto resolveu reunir num livro algumas de suas muitas conversas formais – na verdade, elas são algo mais que entrevistas, graças às inquietações do repórter e à proximidade pessoal com o escritor – com Julio. Terminou a tarefa em dezembro daquele ano, e o livro foi editado na Espanha em 1978. Desde então, tornou-se obra de consulta obrigatória não apenas para os interessados em Cortázar, mas para quem quiser mergulhar nos desvãos da carpintaria de um escritor.

O resultado, que chega agora ao Brasil numa esmerada tradução de Luís Carlos Cabral, é exatamente o tal registro denso, esclarecedor, enriquecedor e permanente.

Permanente porque Cortázar, que foi-se embora em fevereiro de 1984, continua sendo um autor luminoso e iluminado. Tanto no idioma em que escrevia, como naqueles em que as traduções de suas obras serviram para que ele conquistasse batalhões de leitores fiéis, seus livros jamais deixaram de ocupar espaço amplo e sólido. Foi um autor sólido, inquieto, consciente de suas responsabilidades como criador e de suas responsabilidades como homem de seu tempo. Permanente, enfim, porque é impossível pensar a literatura latino-americana do século XX sem reconhecer a imensa importância de sua obra, sempre atual.

Enriquecedor porque revela ou relembra aspectos de Cortázar que mesmo aqueles que conviveram com ele correm o risco de esquecer. É comovente ler nos dias de hoje o que Cortázar dizia, com serenidade e abundância de detalhes, de sua maneira de escrever. Sua visão do conto, gênero em que ele brilhou de forma especial, continua sendo uma das mais nítidas lições do ofício de escrever. Ao falar longamente sobre literatura e sobre arte, Cortázar mostra-se um autor culto e refinado, por certo, mas mostra-se também um artista em permanente conflito com seu ofício. Nada a ver com o intelectual frio e inofensivo, lúdico e erudito, em que alguns quiseram transformá-lo. Ao contrário: escrevia como quem malha em ferro quente, burilava a forma de acordo com o conteúdo, correndo o risco extremo de queimar-se na matéria de sua escrita.

Esclarecedor porque há um clima de evidente e cálida confiança entre entrevistador e entrevistado. Fala de sua militância política intensa, do que significou o abandono da Argentina e a ida para Paris ("foi um pouco o meu caminho de Damasco"), até chegar à Revolução Cubana, e nesse depoimento acaba traçando um quadro claro da trajetória de muitos intelectuais e artistas latino-americanos na segunda metade do século XX. Morreu antes de ver a derrocada e o descalabro da Revolução Sandinista, espécie de militância derradeira. Também não viu o desmilingüimento da União Soviética e a derrubada do Muro de Berlim. Mas no longo trecho em que a conversa dele com Ernesto González Bermejo gira ao redor da política e da militância cidadã, há material de sobra para adivinhar a forma como reagiria ao mundo do início do século XXI.

Finalmente, um livro denso porque nem todo o humor, nem a forma extremamente lúdica com que às vezes – muitas vezes – Cortázar enfrentava os fenômenos da vida, e nem mesmo sua constante propensão a ser arteiro, seriam capazes de transformar estas longas conversas em algo fútil e trivial.

Cortázar era brincalhão com tudo, o tempo todo. Como ao falar das leis e regras do romance: "O romance não tem leis, a não ser a de impedir que a lei da gravidade entre em ação e o livro caia das mãos do leitor." Torna-se claro, porém, que mesmo quando lançava mão do humor Cortázar tratava, seriamente, da importância que, para ele, tinha o ato de cativar o leitor, prendê-lo, torná-lo cúmplice.

Em nenhum instante deixou de ser extremamente consciente das agruras do ofício de escrever e de viver. Acompanhava com interesse a interpretação que alguns críticos faziam de seu trabalho. Às vezes se surpreendia, e chegava até mesmo a mudar seu ponto de vista sobre o que ele mesmo havia escrito. Mas em nenhum instante deixava-se atazanar quando alguém dava interpretações que eram totalmente desvinculadas das suas. É especialmente interessante a defesa que faz de um de seus livros mais polêmicos, *O livro de Manuel*. Como quem defende um filho mal interpretado, mas sem justificativas nem pedidos de desculpas.

Nas conversas com González Bermejo há um longo – e esplêndido – relato da feitura de *O jogo da amarelinha*, sua obra mais revolucionária. Cortázar reconhece que o personagem central do romance, Bernardo Oliveira, é muito próximo a ele: "Na realidade, no plano pessoal, Oliveira é muito parecido comigo. Ele é extremamente terno, mas dissimula a sua ternura. Terno e necessitado de ternura... O que acontece é que ele jamais aceitará a ternura se ela vier acompanhada de alguma compaixão, se for uma ternura fácil. Ele quer coisas absolutas."

Ao definir seu personagem, Cortázar se define à perfeição. Quem o conheceu sabe que assim ele queria a vida, a literatura, tudo: absolutas.

Ao longo dessas longas conversas com Ernesto González Bermejo, Cortázar fala de sua relação com o fantástico, dos movimentos do tempo, de sua frustração por não ter sido um bom músico ("Se pudesse escolher entre música e literatura, escolheria a música; se lamento alguma coisa, é não ter sido músico"), da influência do jazz sobre a sua obra. E fala, principalmente, da feitura de um dos melhores contos escritos na América Latina: "O perseguidor". Seu melhor relato, que significou uma ruptura total com tudo que ele havia escrito antes e abriria as comportas para tudo que escreveu depois.

Este livro, enfim, é isso: as muitas vezes em que González Bermejo sentou-se para conversar com seu amigo Julio Cortázar. Ao decidir reunir esse material e transformá-lo em livro, o que González Bermejo fez foi abrir portas e janelas para que os leitores pudessem aproximar-se da conversa, acompanhá-la de perto. Para que pudessem compartilhar, em silêncio, a fala de um escritor enorme, de um homem extremamente terno, que dissimulava a ternura, que jamais perdeu a capacidade de assombrar-se com a vida e com o ser humano, um escritor rigorosíssimo que jamais deixou de encarar a literatura como uma coisa tão natural como a respiração.

Entre as alegrias que a vida me reservou está o fato de eu ter conhecido e convivido com os dois, Ernesto e Julio.

Há muito tempo eles foram embora, há muito tempo eu não relia este livro. Agora, terminada a releitura, feitos outra vez os mesmos percursos por determinados trechos, recuperei o tempo, voltei a ouvir suas vozes, a acompanhar seus gestos sempre inquietos, os dois sempre tão enfáticos, ágeis, cálidos e profundos.

Agora, terminada essa releitura, sinto que este livro nada mais é do que um caleidoscópio que cria mil e uma formas, todas elas trazendo pela mão de Ernesto González Bermejo o mesmo homem, a mesma voz: Julio Cortázar.

Ou algo assim como a porta aberta de um café parisiense no outono, a mesa numa calçada de primavera, as caminhadas pelas ruas, e lá estão os dois numa conversa sem fim, que agora ganha a presença de muito mais gente, mais testemunhas, leitores novos. Exatamente como tinha de ser.

Rio, primavera de 2002
ERIC NEPOMUCENO

Prefácio

Prometi a ele que esta seria a última vez. Venho entrevistando Cortázar há uns bons sete anos e nos quatro ou cinco encontros que tivemos – em Paris, em Barcelona, em sua casinha de Saignon, no sul da França – creio ter externado um bom volume de opiniões sobre sua obra, vida e milagres.

Os textos aqui reunidos pertencem, portanto, a épocas distintas, mas acabam de ser revisados pelo próprio Cortázar e devem, por isso, ser considerados atuais.

Para dar uma certa ordem à leitura, optei por fazer uma seleção temática aproximada. De qualquer maneira, não se espere um discurso cartesiano, que seria nada cortazariano. Trata-se de conversas informais entre "cronópios", estes seres verdes, úmidos etc., que acreditam na poesia, na brincadeira (entre elas, uma das mais sérias: a literatura), e na "dimensão solar do homem", pela qual opta *O livro de Manuel.*

Cortázar demonstrou, em cada entrevista, ter uma santa paciência; é um homem alto e tímido, de uma fraternidade contida e um respeito impecável pelo seu interlocutor, coisa que não o impede, porém, de defender as suas opiniões com veemência quando sente que é necessário.

Poucas vezes encontrei um entrevistado tão minuciosamente honesto como ele. Muito além da vaidade e da modéstia, a transparência quase infantil de suas verdades nasce de uma lucidez metódica que aplica a si mesmo e aos demais, sem concessões.

Cortázar se parece muito com o que escreve. Sua literatura de provocação é uma tentativa de colocar o homem diante de seus limites, um apelo que nos faz para sermos mais seres humanos.

Amante da realidade – sua "grande mulher" –, as incursões de Cortázar pelo fantástico devem ser vistas como uma tentativa, às vezes desesperada, de esticar a pele do cotidiano, de fazer-nos sair desta espécie de pré-história de nós mesmos na qual vivemos.

Por essa mesma via, se chega ao seu compromisso político: revolução não só para que todos os homens possam compartilhar a mesma mesa, mas, também, para transformá-los em habitantes de um outro planeta que gire em outras órbitas.

Por isso, condena a "besteira do realismo socialista", que quer deixar-nos onde estamos, e considera revolucionária toda boa literatura, porque ajuda o ser humano a conquistar novos territórios.

Literatura como exercício lúdico, antena da felicidade. Humanizadora.

Este trabalho não deu nenhum trabalho. Foi uma oportunidade privilegiada – que os leitores podem agora compartilhar – de conhecer de perto e um pouco por dentro um criador insatisfeito e perseverante, sempre derrotado e novamente sobre seus pés, fiel a um só compromisso: não ser sempre o mesmo.

Deixo vocês com ele.

Paris, dezembro de 1977
E.G.B.

I.

"Paris foi um pouco meu caminho de Damasco; só um chauvinismo cego pode deixar de ver o que significou para mim a experiência européia."

— UMA ENTREVISTA *com você pode começar por qualquer uma das infinitas pontas em que termina o novelo Cortázar. Proponho que a gente escolha uma qualquer. Há uma coisa que não entendo muito bem: esta afirmação tão reiterada pelos críticos e por você mesmo de que é a partir de "As armas secretas", concretamente desde "O perseguidor", que você passa a se interessar pelo homem. Sempre achei esta uma visão muito injusta com seus contos anteriores. A dimensão fantástica deles (creio que ela é, simplesmente, forma) não os impede de tratar de algumas angústias humanas e nacionais muito concretas. Ou, por acaso, o aprisionamento no tempo da Celina de "As portas do céu", por exemplo, o angustiava menos do que o de Johnny em "O perseguidor"?*

— O que você diz é correto. É possível que em algumas declarações eu tenha feito um cavalo de batalha dessa espécie de mudança de direção que me parece perceptível em minha obra a partir de "O perseguidor".

Não vá pensar que não concordo com o que acaba de dizer. Não acho, de maneira alguma, que os contos fantásticos anteriores sejam desprovidos de conteúdo humano, não sejam uma tentativa de revelar destinos individuais mas apenas meras figuras de retórica, destinadas a brincar com os mecanismos do conto. Isso é absolutamente certo. Mas sou suficientemente autocrítico para reconhecer que havia uma certa gratuidade na série de contos fantásticos que escrevi antes de "O perseguidor".

O que verdadeiramente me interessava, aquilo que eu enfatizava, era o conto em si mesmo, a situação, o mecanismo fantástico que eu pretendia com o conto.

Mas, ao mesmo tempo, as vidas de alguns personagens destes contos me interessavam muito. Posso citar Celina, de "As portas do céu", que você acaba de mencionar. A menina de "Circe" é outro personagem muito vivo, muito visceral para mim – aquela é uma Buenos Aires que respirei.

Posso dizer, porém, que se naquele momento para chegar a um conto eu fosse obrigado a sacrificar parcialmente a humanidade de um personagem, creio que o teria feito. Ao contrário, em "O perseguidor" minha atitude é muito diferente: o conto gira em torno do personagem e não o personagem em torno do conto.

— *O que o levou a essa mudança?*

— Creio que foi, sobretudo, a experiência européia, e o fato de ter, quando escrevi "O perseguidor", alguns anos a mais; não muitos, mas quatro ou cinco vividos muito intensamente aqui em Paris. Foram anos de experiências humanas que eu não tivera na Argentina, onde sempre vivi muito solitário, enfiado, por um lado, em uma espécie de carreira docente, e, por outro, em bibliotecas. Paris foi um pouco o meu caminho de Damasco, a grande sacudida existencial (creio que aqui esta palavra é bem usada).

Isso pode explicar por que passei, de repente, a me interessar pelo próximo, do qual eu estivera bastante afastado na Argentina, um pouco por questões de autodefesa, de proteção de uma solidão que eu cultivava com fins culturais, para ter mais tempo para ler, para desenvolver meus projetos de escritor. Aqui tudo isso foi varrido por uma espécie de presença física do homem como próximo.

— *Como foi esse choque com a Europa, com Paris?*

— Os três anos vividos em Paris de 1951 a 1953 foram anos catalisadores, anos em que houve uma espécie de coagulação da minha experiência anterior na Argentina. Até aquele momento, ela havia ficado dispersa ou fora transposta para os poucos contos que escrevi até então. O resto permanecia em estado de recordações, fantasmas, obsessões.

O clima particularmente intenso da vida em Paris – no começo, a solidão; depois, a intensidade (em Buenos Aires eu havia me permitido viver muito mais) – produziu de repente, em muito pouco tempo, uma condensação de presente e passado. O passado, em suma, se conectou ao presente e o resultado foi uma sensação de desconforto que me exigia escrever.

— O jogo da amarelinha *é um grande exorcismo.*

— Um superexorcismo: se eu não tivesse escrito *Amarelinha* provavelmente teria me jogado no Sena.

— *Quer dizer que a experiência européia foi fundamental, ou seja, muito positiva para você? Não é o que parecem pensar certos críticos argentinos.*

— Sim, é famosa a campanha que foi movida contra mim por muitos de meus compatriotas argentinos, ao longo de uma porção de anos, pelo fato de eu não voltar ao país. Fui chamado de "escritor afrancesado", de "franco-argentino". A confusão que armaram quando circulou o boato de que haviam me dado a nacionalidade francesa! (A notícia, se verdadeira, teria sido boa, pois teria resolvido muitos problemas práticos.) Não cheguei a me amargurar – por sorte, aprendi a adotar uma conduta e não me preocupar com o resto –, mas, em alguns casos, era uma coisa bastante penosa. Não havia, praticamente, entrevista, questionário ou carta que recebesse que não martelasse o tema.

Era dado como certo que eu teria sido mais eficaz e até um escritor melhor se, segundo eles, não tivesse sido uma espécie de trânsfuga, se tivesse ficado na Argentina.

Para ser preciso, é exatamente o contrário. O fato de ter vindo para a Europa em um momento bastante crítico da minha vida não apenas não tirou nada da minha latino-americanidade ou da minha argentinidade, como lhes adicionou uma quantidade de experiências que a Argentina jamais teria me dado.

A Argentina me deu um sistema de valores, outras coisas que não tenho aqui, mas eram coisas que eu assimilara, em grande parte, antes da minha partida.

Na Europa, tive de confrontar todo o meu sistema de valores, minha maneira de ver, minha maneira de ouvir. A experiência européia foi, em muito poucos anos, uma sucessão de choques, de desafios e de dificuldades que o clima infinitamente mais brando, mais aprazível de Buenos Aires não havia me dado.

O que sempre me chateou um pouco foi, isso sim, ver que aqueles que reprovavam a minha ausência da Argentina eram incapazes de perceber até que ponto a experiência européia era positiva, e não negativa, para mim. E que, ao ser positiva para mim, era indiretamente, por repercussão, positiva para a literatura do meu país, já que eu estava fazendo literatura argentina, escrevendo em castelhano e olhando diretamente para a América Latina.

É curiosa a falta de coerência – de origem chauvinista – de muitos críticos argentinos. Por um lado, liam livros que achavam importantes – caso contrário, não teriam perdido seu tempo me criticando –, e, por outro, não se davam conta de que o que os impressionava nesses livros era o que havia neles de experiência extra-Argentina, que se somava à minha experiência argentina e a potencializava.

Vive-se há muito tempo um fenômeno de parricídio na Argentina no que se refere a mim.

— *Provavelmente desde o famoso* boom.

— Desde aquilo que ficou conhecido como o grande *boom*, a grande moda que eu não procurei mas veio.

— *Aquela antiqüíssima polêmica sobre o* boom *reaparece de quando em quando com uma insistência admirável.*

— Você tem razão. Confesso que é um tema que começa a me cansar profundamente; tenho a impressão de falar no vazio ou para surdos.

É muito desgastante ter de repetir aos *localistas* que os livros responsáveis por aquilo que se chamou de *boom* – palavra idiota, além de tudo inglesa, ironicamente aplicada ao contexto latino-americano –, os livros que determinaram este grande salto, a irrupção de uma nova literatura latino-americana, foram livros escritos por sujeitos que não estavam lá. Garcia Márquez, Vargas Llosa, eu; sem dúvida gente que tinha o que dizer latino-americanamente. A prova foi a reação admirável dos leitores latino-americanos: surgiu na América Latina uma consciência sobre os seus escritores que até então não existia.

Quero que fique muito claro que, de maneira alguma, estou insinuando que o que fizemos é o que se deve fazer. Absolutamente. Se há uma coisa que me parece admirável, por exemplo, é o fato de Juan Carlos Onetti ou Juan Rulfo terem conseguido construir toda a sua obra sem sair de Montevidéu ou do México. O que cansa é essa espécie de *localismo* como condição moral que justifique uma obra. Essa sanção que fazem não é literária. Ninguém poderá negar a qualidade de *Batismo de fogo* ou de *Ninguém escreve ao coronel* porque não foram carimbados em Lima ou Bogotá.

Para mim, os verdadeiros escritores são como os caracóis – carregamos a nossa casa nas costas.

— *Gostaria de propor, então, uma "peregrinação às fontes". Onde nasce o escritor? Sua intenção inicial foi a poesia, não é verdade?*

— Você sabe: as pessoas repetem, individualmente, o processo da espécie humana, sua história. As primeiras obras da humanidade foram poéticas. Os primeiros textos filosóficos foram poemas. Os pré-socráticos, os grandes metafísicos, por exemplo: Parmênides é poeta, Platão pode ser considerado poeta. Os grandes textos cosmogônicos são poemas.

À prosa se chega depois. Um pouco, suponho, porque no princípio, tanto na criança como no homem primitivo, a inteligência funciona sobretudo na base de analogias, mecanismos mágicos, princípios animistas. Há muito mais sensibilidade do que inteligência racional; a razão é uma maquininha que entra em ação depois. No caso dos gregos, chega, de maneira definitiva, com Platão e Sócrates. Antes disso, eram as grandes intuições, os grandes deslumbramentos, que já eram poesia.

A criança é igual; quer dizer, certas crianças. Faço mal em restringir: talvez todas as crianças. Sim, todas as crianças, se não existissem as professoras. As pobrezinhas não têm culpa: elas são obrigadas a impor a maldita instrução primária! Cocteau dizia: "Todas as crianças são poetas, menos Minou Drouet", aquele monstrinho que escreveu, aos oito anos de idade, um livro de poemas, um pouco pré-fabricado pela mãe, e era admirado por toda a França.

Se deixassem as crianças só com as suas brincadeiras, sem forçá-las, elas fariam maravilhas. É verdade. Você vê como começam a desenhar, a pintar; depois, são obrigadas a desenhar a maçã e o ranchinho com a árvore, e lá se foi o moleque.

Com o texto acontece exatamente a mesma coisa. As primeiras coisas que uma criança conta ou gosta que lhe contem são pura poesia; a criança vive num mundo de metáforas, de aceitações, de permeabilidade.

— *Ainda que você tenha passado da poesia para a prosa, uma visão poética está presente ao longo de sua obra.*

— Eu também acho que sim. Entendo como poema até mesmo textos escritos com o intuito de comunicar algo, como é o caso de *Prosa do observatório*. Em meus romances, há longos capítulos que têm um movimento de poema, embora não possam ser vistos como poesia ortodoxa. O funcionamento se faz por analogia; há um sistema de imagens, de metáforas e de símbolos e, acima de tudo, a estrutura de um poema.

Cheguei à prosa com dificuldade. Aos oito anos, eu já escrevia poemas e, como sempre obedeci aos ritmos, ao som ritmado das palavras e das coisas, esses poemas, de conteúdo espantoso, inteiramente ingênuos, inocentes e desimportantes, eram perfeitamente metrificados e perfeitamente rimados. Sem saber que um hendecassílabo era um verso de onze sílabas, escrevia sonetos em hendecassílabos, absolutamente infalíveis como ritmo e rima.

Posso assegurar: minha mãe guardou um caderno com estes poemas. Ela nunca quis me dar o caderno, mas me deixou vê-lo há uns 15 anos e pude comprovar o que estou dizendo: conteúdo: zero, coisas de um menino de nove anos que se apaixonou pela coleguinha, soneto ao aniversário da tia, descrição do pátio da casa... Mas, do ponto de vista da versificação, perfeitos. Quero dizer que havia uma percepção muito clara do ritmo.

Por isso, tive, no início, dificuldades com a prosa. Quis começar um romance e travei. Não conseguia avançar. Escrever prosa me parecia, como dizer?, grosseiro; não encontrava o balanço do verso. Eu tinha que escrever, com toda a ingenuidade que poderia ter aquele romance: "A carruagem se deteve à porta do castelo, vírgula, e fulana de tal desceu, ponto." E isso era duro, não tinha o ritmo do verso.

— *Como se dá essa passagem para a prosa?*

— Com dificuldade, como eu dizia. Na adolescência, houve uma espécie de paridade: a prosa começou a aumentar de volume ao mesmo tempo em que eu continuava escrevendo poemas.

Mas, como sempre, é o trabalho que faz as coisas. Literatura se faz fazendo literatura. Alcancei um certo domínio formal e descobri o que me faltava descobrir: que a prosa tem um ritmo próprio, que não são hendecassílabos, nem décimas, nem nada que se assemelhe. A partir desse momento, me vi escrevendo prosa fluentemente.

Acho, também, que fui ajudado pelo fato de ter estudado línguas estrangeiras desde muito cedo e de ter sido desde cedo fascinado pela tradução. Se não fosse escritor, seria tradutor. Aliás, fui e ainda sou; às vezes, traduzo para a Unesco.

A tradução me fascina como trabalho paraliterário ou literário de segundo grau. Quando uma pessoa traduz, quer dizer, quando não é responsável pelo conteúdo original, seu problema não são as idéias do autor – ele já as colocou ali. O que essa pessoa tem que fazer é traduzi-las, e então os valores formais e os valores rítmicos que estão latentes no original passam a ocupar um primeiro plano. Sua responsabilidade é traduzi-los, com as diferenças que existam, de um idioma para o outro. É um exercício extraordinário do ponto de vista rítmico.

Se eu fosse uma pessoa de dar conselhos, diria a um jovem escritor que tenha dificuldades de escrever para deixar de escrever por um tempo por conta própria e passar a traduzir boa literatura; um dia ele se dará conta de que está escrevendo com uma fluidez que não tinha antes.

— *Como você define hoje um bom estilo?*

— Um texto bem-sucedido formalmente (e quando um texto é bem-sucedido no plano formal também o é nos outros) exige não tanto a presença, mas a ausência de elementos inúteis e negativos.

Quando corrijo, uma vez em cem adiciono algo, completo uma frase que me parece insuficiente ou agrego uma frase porque sinto que me falta uma ponte. Nas outras 99 vezes, corrigir é suprimir. Qualquer pessoa que veja um rascunho meu pode comprová-lo: pouca complementação e muita supressão.

Ao escrever, especialmente da maneira como escrevo, rapidamente e deixando-me levar, você tem uma tendência à repetição inútil, escapam coisas (mais ainda quando se trabalha com máquina elétrica). Há que eliminá-las, implacavelmente.

É assim que se chega ao que chamam de estilo. Para mim, estilo é uma certa tensão, e se chega a esta tensão através da redução do texto ao absolutamente necessário. Imagine a aranha e sua teia. Ela vai tirando franjas daqui e dali até que faz da teia um modelo de tensão. A má literatura está cheia de franjinhas. É literatura com franjas.

— *Mas pode haver um bom estilo barroco.*

— É o tema eterno que tanto preocupa a Alejo Carpentier: a literatura latino-americana como exemplo de literatura barroca. Quando se trata de algo belamente barroco, como é o caso do próprio Carpentier, perfeito; de acordo. Mas o falso barroco, que vai da Argentina à Guatemala passando por onde você quiser, é simplesmente um vendaval de folhas repetitivo, uma multiplicação de elementos que poderiam ser suprimidos com grande benefício para a essência.

Se você for analisar de perto aquilo que muitas vezes parece ser barroco – o autor, como é típico da arquitetura barroca, enfiou volutas por todos os lados para preencher espaço: o famoso medo do espaço vazio – vai ver que se trata apenas de falta de tensão, de falta de disciplina no trabalho.

— *Você fez esse aprendizado solitariamente ou teve companhia? Neste caso, de quem?*

— Chegamos a Jorge Luis Borges. O choque que tive com o texto de Borges foi, sem dúvida, o maior que tivera até então. Eu tinha levado muitos choques, mas sempre provocados por escritores estrangeiros, franceses, ingleses, que não tinham por que nem como repercutir em meu idioma.

Foi incrível encontrar na Argentina, em um momento em que se escrevia de forma bastante pesada, intrincada, à maneira peninsular, um homem que polia e limava o texto reduzindo-o quase ao nível de aforismo, de apotegmas, de frases – desculpe-me a prolixidade – lapidares (no caso, a palavra cabe). Qualquer escritor jovem e sensível tinha não apenas que aceitar, mas também que seguir a experiência.

Seguir sem imitar. Essa é a coisa. É isso que fez com que, por sorte, não me tivesse tornado um borgista. Você vê o que aconteceu com aqueles que, em vez de seguir a lição do mestre, foram imitá-lo. O resultado foi uma praga de borgistas dos quais ninguém se lembra mais.

A grande lição de Borges não foi uma lição temática, nem de conteúdo, nem de mecânica. Foi uma lição de escrita. A atitude de um homem que, diante de cada frase, pensava cuidadosamente não em qual adjetivo colocar, mas qual retirar. Ele caiu depois em um certo excesso, o de colocar um único adjetivo de maneira tal que você quase caía de costas, o que, às vezes, pode ser um defeito. Mas, originalmente, a atitude de Borges diante da página é a atitude de um Mallarmé: de uma severidade extrema diante do texto, de não deixar mais que o essencial.

— *As suas visitas à literatura anglo-saxã devem ter influenciado você também nessa formação de sobriedade, de rigor na escrita.*

— Sim, penso que sim. Uma certa literatura francesa também.

— *Não a espanhola, em todo caso.*

— Quando me falam nisso, sempre sinto vergonha. A minha ignorância da literatura espanhola é, realmente, enciclopédica. Conheço alguns clássicos, mas estou longe de ter lido, da literatura espanhola, o que li da literatura francesa e da anglo-saxã. As razões são difíceis de encontrar, tanto como saber por que você prefere o verde ao azul.

— *Há uma certa retórica hispânica que parece não combinar com os seus gostos.*

— Sim, mas também não se deve esquecer que há escritores espanhóis que trabalharam com uma enorme economia de meios, ainda que não sejam muitos, é verdade. Mas, enfim, poderia tê-los escolhido. Na Argentina, elegi Borges. Mas, no momento em que Borges era o mestre do rigor estilístico, você abria *La Nación* ou *La Prensa* e encontrava jorros de facúndia espanhola, como as intermináveis páginas de Azorín e de Julián Marías e toda essa gente que enchia quartos e quartos de página sem que realmente se soubesse bem para quê.

Eu tinha, é claro, uma reação de espanto diante dessas coisas e fugia delas.

Mas o que não li em prosa, li em poesia. Sinto um grande amor e devo muito não só aos clássicos da poesia espanhola, mas também aos poetas chamados "da República". Nunca me interessou – li-a por razões históricas e de carinho – a poesia de Victor Hugo, de Alfred Musset, de Vigny (ainda que seja o mais moderado de todos), porque a considerava excessivamente carregada. Comecei a ler poesia francesa de Baudelaire em diante. Quer dizer, um período no qual se dá o mesmo processo que logo depois acontecerá na Espanha, em 1936: uma poesia de concisão, de essência.

— *Não parece curioso que toda essa formação de que me fala, suas opções e preferências literárias, o tenha feito desembocar de uma maneira muito natural no conto?*

— Sim, creio que tem razão. Ao dizer isso, você me leva por um bom caminho. Tudo de que estamos falando – nunca tinha conversado sobre tais coisas desta forma um pouco orquestrada que estamos adotando – leva à ponte que você acaba de estender.

Era bastante lógico que depois dessa opção pela economia e pelo rigor, que eu pratiquei porque estava em mim praticar, o conto, como forma literária, me chamasse antes de qualquer outra forma, como o romance ou o teatro. O conto é, efetivamente, o tipo de literatura e de poesia que eu qualifico de econômica.

— *Como se deu a aprendizagem do conto?*

— Nunca aprendi a escrever contos. Poderia repetir a *boutade* de Picasso (sem nenhuma vaidade): "Eu não procuro, encontro." Eu encontrei o conto.

II.

"Quando vou escrever um conto, sinto hoje, como há quarenta anos, o mesmo tremor de alegria, como uma espécie de amor."

— Você começou *a escrever e passou muitos anos, uns dez, sem publicar. Por quê?*

— Por severidade, por um tremendo senso de autocrítica. Havia publicado *Os reis* de uma maneira um tanto quanto clandestina e privada, e só três anos depois apareceu *Bestiário*.

Devo ter pecado por vaidade. Estabeleci uma espécie de teto, um nível muito alto para começar a publicar. Ao ler o que havia escrito, o meu senso de autocrítica me dizia que aquilo estava aquém do que eu pretendia.

Queimei, por exemplo, um romance de seiscentas páginas. Hoje lamento ter feito isso; sei que tinha coisas lindas e gostaria de tê-lo guardado como um documento pessoal, autobiográfico. Era um romance muito sentimental, mas continha situações dramáticas, extremas, e longas discussões que hoje eu gostaria de saber como tentei solucionar. Só me restou dele uma idéia muito genérica.

O fato de um rapaz jovem se negar a publicar num momento em que, dadas as condições da época, os argentinos em geral tinham pressa de lançar seus livros, é prova ou de uma imensa vaidade ou de um grande rigor. Acho melhor, acredite, ter cometido o pecado da vaidade do que o da facilidade.

Entreguei os contos de *Bestiário* no dia em que acreditei ter chegado ao nível de qualidade que eu mesmo havia estabelecido para mim. Poderia ter publicado antes dois livros de contos que havia escrito quando era professor no interior, em Bolívar e em Chivilcoy, e ficaram por aí, além de um romance imenso, duas novelinhas curtas, alguns ensaios, enfim, uma porção de textos (e muitos poemas, mas esta é uma outra história), porém não quis.

— *O que era reprovável nesses textos?*

— Tinham defeitos de estrutura. Tinham franjas que eu não conseguia eliminar. Latejava neles um romantismo do qual eu não conseguia me livrar – não me livrarei nunca do romantismo, mas se hoje consigo de certa forma controlá-lo, na juventude ele transbordava excessivamente. É verdade: ainda sou um sentimental, um romântico.

— *Como acredito que seja o Oliveira de* O jogo da amarelinha. *Ser romântico é uma coisa freqüente na América Latina. Isso é ruim? O que você acha?*

— Responderei pela negativa: creio que o fato de não ser romântico limita muito a criação literária, deixa você diante de um mundo muito mais seco, muito mais esquemático. Não ser romântico pode ser utilíssimo para um ensaísta, para um satírico, para um investigador de problemas literários, mas não para um criador.

— *Mas a fronteira entre sentimento e sentimentalismo é muito sutil.*

— E isso é o que pode escapar a um jovem que não tenha um senso de autocrítica suficientemente forte, não tenha informação, não tenha um olfato que possa dizer a ele que há algo errado.

Sem saber muito bem por quê, eu sentia que os meus primeiros contos não funcionavam, mas, ao invés de ficar me lamentando, achava mais lógico enfiá-los numa caixa ou jogá-los fora.

Até que um belo dia apareceu um conto que, na minha opinião, ia adiante. Depois dele, vieram outros – alguns andavam, outros não – e outros, que em sua maioria começaram a andar. Foi quando os entreguei para a publicação.

— *Como se apresenta hoje a idéia de um conto?*

— Da mesma maneira que há quarenta anos. Nisso não mudei nem um pouco. Em primeiro lugar, sou invadido por aquilo que chamo de "uma situação". Quer dizer, eu sei que alguma coisa vai me dar um conto.

Há pouco, em julho deste ano, vi em Londres uns pôsteres de Glenda Jackson – uma atriz que amo muito – e, bruscamente, me veio o título de um conto: "Queremos tanto a Glenda Jackson". Eu não tinha mais do que o título, mas o conto já estava ali. Eu sabia em linhas gerais o que ia acontecer e escrevi o conto logo depois.

Quando a coisa cai em cima de mim e eu sei que vou escrever um conto, sinto hoje, como sentia há quarenta anos, o mesmo tremor de alegria. É uma espécie de amor – a idéia de que vai nascer uma coisa que eu espero que vá ficar bem.

— *Qual é o seu conceito do conto?*

— Muito severo: já o comparei a uma esfera. É uma coisa que tem um ciclo perfeito e implacável. Uma coisa que começa e termina tão satisfatoriamente como uma esfera: nenhuma molécula pode estar fora de seus limites precisos.

Um conto pode revelar uma situação e ter um enredo interessante, mas para mim isso não basta: a esfera tem que ser fechada. Não estou dizendo que eu negue a qualidade de contos admiráveis, dos quais gosto muito – alguns de Katherine Mansfield, por exemplo – só porque eles não atendem à minha noção de conto. Simplesmente, eu não os teria escrito da mesma maneira.

— *Quais são as diferenças entre os primeiros contos que você publicou e os últimos que escreveu, como esse sobre Glenda Jackson?*

— Tenho a impressão de não ter avançado um só centímetro em matéria de contos. Acredito que esse conto recente sobre Glenda Jackson segue o mecanismo de alguns dos meus primeiros contos. Mas posso citar um conto inédito que nunca quis publicar por ter me parecido muito mecânico. Entre o primeiro conto e o que escrevi agora em Londres há uns trinta e cinco anos de distância.

Esta afirmação pode parecer vaidosa. Qualquer um poderá achar que estou dizendo que os meus primeiros contos já eram os melhores que eu podia escrever.

Não é exatamente isso: certamente melhorei em alguns planos. Como lhe dizia, a partir de "O perseguidor" há um avanço na percepção do humano. Os personagens não são usados como marionetes para fins exclusivos da mecânica fantástica; vivem uma vida independente e, quando há um elemento fantástico, ele não está ali à custa da humanidade dos personagens, até incide em e faz parte da sua humanidade.

No entanto, do ponto de vista absoluto da execução de um conto e de seu mecanismo, creio que os primeiros contos não são inferiores nem superiores ao último que escrevi.

— *De qualquer forma, há uma evolução muito evidente.*

— Sim, mas se você quiser procurar uma linha evolutiva ao longo dos cinqüenta e tantos contos que escrevi, terá que procurar em outro lugar e não na estrutura global do conto.

— *Onde, então?*

— Talvez os contos posteriores tenham um conteúdo psicológico, uma projeção humana, uma complexidade maiores do que os primeiros.

Na primeira série de contos de *Bestiário*, a complexidade é quase sempre de ordem patológica. São aberrações, são exceções às regras. Pense em "Circe", em "Bestiário", em "Cefaléia" – são contos nos quais o fantástico acontece em situações marginais à vida, situações que só podem ocorrer a uma pessoa em um milhão.

Já neste livro que acabo de publicar – *Alguém que anda por aí* –, os personagens vivem situações que, com algumas variantes lógicas, poderiam ter sido vividas por muita gente. Ou seja, a relação entre personagens e leitores – como eventuais protagonistas – é maior agora do que no começo.

No começo, meus contos chamavam a atenção por tratar de casos marginais, de aberrações.

— *Sim, mas você não abandonou este filão.*

— É verdade. A minha imaginação de contista tem um lado mórbido. Sei disso. É uma questão que eu teria que estudar psicanaliticamente e que a mim, pessoalmente, me foge.

— *Você já me falou do efeito psicoterápico de alguns de seus contos. Escrevê-los teria ajudado você a se curar de certas fobias.*

— Claro. É o caso de "Circe", por exemplo. Eu tinha uma pequena neurose, muito desagradável. Eu temia encontrar insetos na comida. Tinha que examinar cuidadosamente cada bocado antes de levá-lo à boca, o que arrasa qualquer bom almoço e, além disso, cria enormes problemas de comodidade pessoal.

Escrevi o conto – e nisso sou formal: o conto não foi escrito com a consciência do problema –, e terminei-o sem que tivesse me passado pela cabeça que o personagem tinha um problema semelhante ao meu. Dei-me conta do resultado porque, depois de escrito o conto, um belo dia me vi comendo, muito feliz, um cozido à espanhola sem olhar o que comia. Associei, então, as duas coisas e descobri que, ao atribuir ao personagem mais mórbido do conto todo o asco, toda a mecânica da presença de insetos na comida, havia feito uma espécie de autoterapia.

— *Foram feitas investigações psicanalíticas a respeito de seus contos. Há uma bibliografia incômoda sobre o tema. O que você acha disso?*

— Só conheço uma pequena parte dessa bibliografia e creio que ela contém investigações que às vezes foram feitas com muito talento e muita inteligência.

Foram feitas investigações psicanalíticas de meus contos tanto pela linha freudiana quanto pela junguiana e as duas são igualmente fascinantes. Mais a linha junguiana, que acho que se adapta muito mais ao universo da criação literária.

Esses autores de teses ou de monografias viram o que no princípio eu não via, quer dizer, a repetição, a recorrência de certos temas, a presença de certas constantes.

— *Por onde começamos? Pelo tema do duplo? Ele já aparece nos primeiros contos, como "Distante", de* Bestiário*; voltamos a encontrá-lo em "Os passos nas pegadas" de* Octaedro.

— Sim, há em mim uma espécie de obsessão pelo duplo. Ela vem da leitura precoce de *Doctor Jekyll and Mister Hyde*, de Stevenson, de *William Wilson*, de Edgar Allan Poe, ou de toda a literatura alemã habitada pelo duplo.

Não acredito que se trate de uma influência literária. Quando escrevi o conto que você citou, "Distante", entre 1947 e 1950, estou absolutamente seguro – e neste sentido tenho boa memória –, de que a noção do duplo não era, absolutamente, uma contaminação literária. Era uma vivência.

O tema do duplo já aparece com toda a força nesse conto. Você se lembrará de que se trata de uma grã-fina de Buenos Aires que tem, por momentos, uma espécie de visão. Ela não está apenas em Buenos Aires, mas também em um outro país muito distante onde tudo é o contrário: lá, ela é uma mulher pobre, uma mendiga. Pouco a pouco, a mulher vai imaginando quem poderia ser a outra mulher, até que vai procurá-la e a encontra em uma ponte e se abraçam. E aí se produz a mudança no interior do duplo. A mendiga vai embora com o corpo maravilhoso coberto de peles e a grã-fina fica na ponte como uma mendiga esfarrapada.

O tema do duplo é constante. Ele se manifesta em muitos momentos de minha obra, separados por períodos de muitos anos. Está em "Uma flor amarela" – onde o personagem se encontra com um menino que é ele mesmo em outra época –, um conto escrito vinte anos depois de "Distante"; está, como você diz, em "Os passos nas pegadas", e, de alguma maneira, está também em "A noite boca acima".

— *E está também em* O jogo da amarelinha. *Talvez os casos mais ilustres de duplos em sua obra sejam os de Oliveira/Traveler e Maga/Talita.*

— Vou dizer aqui uma coisa na qual não quero que ninguém acredite porque vou dar a impressão de ser um grande estúpido – coisa que me preocupa muito. Quando terminei *Amarelinha*, não tinha a menor idéia de que a questão do duplo estava presente. É verdade que, até o final do livro, Oliveira chama Traveler de *doppelgänger*, sente que há uma espécie de repetição: isso eu aceito. Mas não percebi em nenhum momento que na figura de Talita se repetia a Maga. Quem chamou minha atenção para isso foram os leitores e os críticos.

Quando Oliveira volta de Paris, procura a Maga em Montevidéu e não a encontra. Vai, então, a Buenos Aires, onde encontra

Traveler e Talita e não vê, absolutamente, a Maga em Talita, como não vê a si próprio em Traveler. Mas, em toda a ampla série de episódios do circo, da vida em comum que levam, o jantar na cantina etc... É evidente que o tema está latejando no livro mas sem que eu perceba, sem nenhuma premeditação da minha parte.

A evidência irrompe ao final e aí já nem eu mesmo nem Oliveira podemos negá-la. Há um certo momento em que o casal Traveler/Talita se torna por um momento Oliveira/Maga, vistos do ponto de vista de Oliveira, sem que o seja em absoluto. Ou seja, aconteceu de novo o tema do duplo, com esses matizes especiais.

— *Se não se trata de "contaminação literária", como explicar a grande recorrência do duplo em sua obra?*

— Jung poderia falar de uma espécie de arquétipo. Não se esqueça de que os duplos – não sei se explicitamente em Jung, mas, em todo caso, nas cosmogonias, nas mitologias do mundo –, o duplo, os personagens duplos, os gêmeos ilustres, como Rômulo e Remo, Castor e Pólux, os deuses duplos, são uma constante do espírito humano como projeção do inconsciente convertida em mito, em legenda.

Parece que o homem não se aceita como uma unidade. De alguma maneira, ele sente que poderia estar, simultaneamente, projetado em uma outra entidade que ele conhece ou não, mas existe. Eu me pergunto – começando a inventar um pouco – se aquelas fantasias de Platão sobre os sexos não têm também um pouco a ver com isso.

Platão se perguntava por que há homens e mulheres e sustentava que, originalmente, havia um ser único, andrógino, que logo se dividiu em dois. O amor seria, simplesmente, a nostalgia que todos temos de voltar ao andrógino. Quando buscamos uma mulher, estamos buscando o nosso duplo, queremos completar a figura original. Estes temas reaparecem em múltiplas cosmogonias e mitologias e continuam nos habitando.

— *Você me dizia que o duplo, para você, é antes de qualquer coisa uma vivência. É possível relatar um caso?*

— Uma vez eu me desdobrei. Nunca senti tanto pavor na minha vida. Por sorte, durou apenas alguns segundos. Um médico havia me dado uma droga experimental para enxaqueca – tenho enxaqueca crônica – derivada do ácido lisérgico, um dos alucinógenos mais fortes que existem. Comecei a tomar as pastilhas e me senti estranho, mas pensei: "Tenho que me habituar."

Em um dia ensolarado como o de hoje – o fantástico acontece em condições muito comuns e normais –, eu caminhava pela rua de Rennes e em certo momento soube – sem me animar a olhar – que eu mesmo estava caminhando ao meu lado. Uma parte do meu olho devia estar vendo alguma coisa porque eu, com uma sensação de horror espantosa, sentia meu desdobramento físico. Ao mesmo tempo, raciocinava com lucidez. Entrei num bar, pedi um café duplo e amargo e bebi-o de um gole só. Fiquei esperando e logo compreendi que já podia olhar, que eu não estava mais ao meu lado.

O duplo – à margem desta anedota – é uma evidência que tenho aceitado desde a infância. Você poderá achar graça, mas eu acredito muito seriamente que Charles Baudelaire era o duplo de Edgar Allan Poe. E posso lhe dar algumas provas, na medida em que é possível dar provas desse tipo de coisa.

Em primeiro lugar, há uma correspondência temporal muito próxima, o que não é muito importante mas, de todo jeito, tem o seu sentido: não tem muita graça imaginar que seu duplo foi um ateniense do século IV, não é mesmo? O que dá graça à situação é que o seu duplo está agora em Londres ou no Rio de Janeiro.

Baudelaire ficou obcecado bruscamente pelos contos de Poe, a tal ponto que a famosa tradução que fez foi um *tour de force* extraordinário, já que não era nada forte em inglês e na época não havia dicionários de modismos norte-americanos.

E Baudelaire, dono de uma intuição fortíssima, não falha. Até quando se equivoca em relação ao sentido literal, acerta no sentido intuitivo; há como que um contato telepático correndo por cima e por baixo do idioma. Pude comprovar tudo isso porque, quando traduzi Poe para o espanhol, tive sempre em mãos a tradução de Baudelaire.

Mas há mais: se você pegar as fotografias mais conhecidas de Poe e de Baudelaire e colocá-las lado a lado, notará a incrível semelhança física que há entre eles. Basta tirar o bigode de Poe. Os dois tinham, além disso, olhos assimétricos, um mais alto que o outro.

Além disso, há uma coincidência psicológica acentuadíssima. O mesmo culto necrófilo, os mesmos problemas sexuais, a mesma atitude diante da vida, a mesma imensa qualidade poética.

É inquietante e fascinante, mas eu acredito – e muito seriamente, repito – que Poe e Baudelaire eram o mesmo escritor desdobrado em duas pessoas.

— *Além do duplo, os pesquisadores vêem outros temas recorrentes em sua obra: por exemplo, o do incesto. Aparece em "Bestiário", o conto que dá título ao livro.*

— Sim, e outro exemplo seria "Casa tomada", onde está colocado de maneira bastante explícita. Trata-se de dois irmãos, mas, em alguma parte, se diz "esse simples matrimônio de irmãos", imagem que tem muito a ver com a relação deles.

— *Irene, a irmã, cortou qualquer relação com seus pretendentes.*

— Os dois se fecharam na casa e levam vidas de solteirões. Não é um incesto consumado, mas é evidente que existe uma relação ambígua entre os dois irmãos.

No processo de criação do texto, surgiu a noção de "casamento de irmãos". Quando a reli, fiquei surpreso, mas mantive-a por ter me parecido perfeitamente lógica dentro da estrutura do conto.

A recorrência do tema do incesto – outro arquétipo, digamos –, está presente, sobretudo, nos meus primeiros contos. Aqui também estava totalmente inconsciente do que escrevia. Depois, quando alguém fez a resenha, quando houve uma comparação entre uma série de contos, a presença da questão do incesto ficou mais ou menos explícita.

Este fato me permitiu, me obrigou, a olhar de perto para eu mesmo, me fez ver até que ponto eu mesmo tenho um complexo incestuoso, um complexo que encontrou o seu caminho na forma de exorcismo em muitos desses contos.

“O fantástico irrompe no cotidiano, pode acontecer agora, neste meio-dia de sol em que você e eu estamos conversando.”

III.

— O FANTÁSTICO *é um elemento que aparece em grande parte de seus contos. É possível definir o fantástico?*

— Acontece com o fantástico a mesma coisa que acontece com a poesia, que, segundo o humorista, é "o que resta depois de definida a poesia". Para citar um exemplo, não fiquei satisfeito com o imenso esforço que Todorov fez em *L'introduction au fantastique*. O livro pode até ser útil como instrumento de trabalho mas, terminada a leitura, o meu sentimento do fantástico não havia sido explicado, o autor não encontrara uma solução.

Desisti de definir o fantástico. Em alguns pequenos ensaios de *A volta ao dia em oitenta mundos* e de *Último round* tentei encontrar os caminhos do fantástico ao comentar contos meus ou de outros autores, mas nunca pretendi chegar a definições.

Tudo que pode haver – e isso se valer a pena – é tentar buscar uma noção do fantástico que seja satisfatória para alguém como você ou como eu. Senão, nem vale a pena, porque continuaremos na mesma.

— *Por exemplo?*

— Por exemplo: embora muita gente admire os contos fantásticos de Lovecraft – este público ficará horrorizado com o que vou dizer – eu, pessoalmente, não me interesso nem um pouco por eles, pois me soam inteiramente fabricados e artificiais.

Lovecraft começa criando um ambiente que já é fantástico, mas anacrônico. Parece coisa dos séculos XVIII ou XIX. Tudo acontece em casas velhas, em mesetas açoitadas pelo vento, ou em pântanos com vapores que invadem o horizonte. Assim que ele consegue aterrorizar os leitores ingênuos, começa a despejar no texto bichos peludos e maldições de deuses misteriosos. Isso podia ficar muito bem há dois séculos, quando coisas deste tipo eram capazes de assustar qualquer um, mas atualmente, pelo menos para mim, são desprovidas de qualquer interesse.

— *Então, para você o fantástico...*

— ... é uma coisa muito simples, que pode acontecer em plena realidade cotidiana, neste meio-dia ensolarado, agora, entre você e eu, ou no metrô, quando você estava vindo para este nosso encontro.

Trata-se de algo absolutamente excepcional, concordo, mas que não tem por que ser diferente, em suas manifestações, da realidade que nos envolve. O fantástico pode acontecer sem que haja uma mudança espetacular das coisas.

Para mim, o fantástico é, simplesmente, a indicação súbita de que, à margem das leis aristotélicas e da nossa mente racional, existem mecanismos perfeitamente válidos, vigentes, que nosso cérebro lógico não capta, mas que em certos momentos irrompem e se fazem sentir.

Um fato fantástico se dá uma vez e não se repete mais; haverá um outro, mas aquele mesmo não tornará a acontecer. Dentro das leis habituais, uma causa produz um efeito e, dentro das mesmas condições, é possível se chegar ao mesmo efeito partindo da mesma causa.

Estico a mão e movo esta mesa cinqüenta vezes. O fato fantástico, no entanto, se dá uma única vez porque, evidentemente, responde a um ciclo, a uma série de ações e interações que escapam completamente à nossa razão e às nossas leis. E, sem dúvida, chega a ser sentido como presente, mas pela via intuitiva e não pela racional.

— *Você escreve em* A volta ao dia em oitenta mundos *que "se vivendo consigo dissimular uma participação parcial em minha circunstância, não posso negá-la no que escrevo porque escrevo precisamente por não estar ou por estar apenas parcialmente". Fale-me um pouco desse seu desajuste com sua circunstância, por que e como ele o impulsiona a escrever.*

— Na vida aparentemente unilateral que levamos, e que nos impõe de certa forma uma inteligência pragmática, utilitária e seletiva, acontece sempre comigo, nos momentos de distração, uma coisa que é o processo inverso ao que usamos para tirar uma fotografia. Quando você vê duas imagens no visor da sua câmara, você as superpõe para que fiquem em foco e aí bate a foto. Eu, para tirar a foto, tenho que separar as imagens. Ou seja: em determinados momentos, as coisas se apartam de mim, se movem, correm para um lado e, então, desse oco, dessa espécie de interstício que eu não sei exatamente o que é, surge um estímulo que, em muitos casos, me leva a escrever, ou pelo menos me coloca em um estado de porosidade ou receptividade que faz com que me sinta incentivado a comunicar, faz com que o texto me volte mais fácil.

Neste sentido, eu sou um pouco pára-raio. Há pessoas que, quando isso acontece, quando se deslocam um pouco, ficam inquietas e sentem vertigens, não gostam nem um pouco da coisa. Preferem que dois e dois sejam sempre quatro e todo movimento, todo deslocamento produz nelas uma certa angústia.

Comigo é diferente. Não apenas não me sinto mal, como também fico num estado favorável para escrever. Não é que eu esteja esperando por alguma coisa. Isso seria artificial. Quando estou conversando com você, não estou ansioso para que aconteça algo que possa ser qualificado de anormal. Mas se acontece, sim: me ocorre, de imediato, uma associação de idéias, um *déja vu* ou outra sensação paranormal qualquer, e é perfeitamente possível que isso se traduza amanhã em um algo que escreverei, mas o tema não terá, provavelmente, nada a ver com nós dois.

Acredito que quando uma pessoa é porosa nesse plano, tudo o que chamamos de "casualidades" ou "coincidências" se multiplica. Mais: acredito que você acaba atraindo essas casualidades.

— *Talvez possamos exemplificar isso que você está me dizendo. Como nasceu o conto "Manuscrito encontrado em um bolso"?*

— Há algum tempo, aconteceu comigo uma coisa semelhante a muitas que vêm me acontecendo ao longo da vida. Para mim foi um fato fantástico, embora saiba que qualquer teórico dirá que tudo não passou de uma manifestação do *acaso*, esta palavrinha suspeita.

Para mim, fatos como este são signos, indícios da existência de um sistema de leis anterior ao nosso que, se você tem uma certa permeabilidade, pode sentir e, sobretudo, viver.

Eu conhecia uma mulher com a qual não tinha nenhuma relação mas desejava ter. E ela comigo também. Estávamos muito distantes em termos geográficos, e houve, por razões que cada um de nós poderia explicar, um longo silêncio epistolar entre a gente. Em uma certa segunda-feira, recebo, aqui nesta casa, uma carta desta mulher. Ela diz que está em Paris e gostaria de me ver.

Eu estava na antevéspera da partida para uma viagem de três meses e não queria, de maneira alguma, que o nosso encontro fosse tipo um *rendez-vous* rápido em um hotel qualquer seguido de uma nova separação. Respondi, então, à carta: disse que não nos veríamos e que poderíamos nos encontrar quando eu voltasse da viagem. Sabia que iria fazê-la sofrer; sabia que ela teria preferido um encontro episódico, ao contrário de mim, que vejo as coisas de outra maneira. Bem. Mandei a carta às quatro da tarde e ela deveria recebê-la no dia seguinte.

Naquela noite eu tinha um encontro com um amigo em um teatro lá pelos lados do Marais. Como não queria chegar muito cedo, fiquei vagando pela cidade. Sei que caminhei muito. Lá pelas tantas, numa determinada esquina, uma esquina bastante sombria do Quartier Latin, cruzei com uma mulher. Não sei por que nos voltamos e nos olhamos. Era ela.

Paris tem cerca de nove milhões de habitantes. A mulher havia mandado a carta dela sem saber se eu estava aqui. Não sabia se eu a recebera ou não. Como a casa dela ficava muito longe da minha, a minha resposta só chegaria no dia seguinte.

Este fato, analisado matematicamente, não pode ser explicado pelas leis aristotélicas. Uma série de coisas, uma série de combinações nos levaram a caminhar naquela direção e a nos cruzar precisamente naquele ponto. E tem mais: exatamente naquela esquina acontece um episódio muito importante de um livro meu. Ou seja, até o lugar do inacreditável encontro fazia parte de uma constelação que escapa a toda e qualquer racionalidade.

— O protagonista de "Manuscrito encontrado em um bolso" inventa um sistema de combinações com as linhas do metrô que parece ser uma tentativa de substituir essa forma de acaso. Ele pretende invadir a "outra dimensão", adivinhar as "regras" que a determinam?

— Eu também vejo assim. É evidente que o personagem despreza o simples acaso. Ele o considera fácil demais. Impõe-se, então, e de uma maneira draconiana, determinadas regras de jogo. Você certamente se lembra de que, ao conhecer a mulher, ele viola estas regras. Não deveria ter feito isso, mas estava tão desesperado que fez. E justamente por isso é invadido por um complexo de culpa que o obriga a cumprir as regras até o final. E falha. E perde a mulher.

— Como indica o título do conto.

— Fico contente ao ouvir você dizer isso. Nem todos os leitores entenderam assim. O título é a chave do conto, é o seu final. O mais provável é que, quando o encontro seguinte falhar, o protagonista se atire debaixo do trem e o "manuscrito" seja encontrado em seu bolso.

Mas eu não qualificaria este conto de fantástico. Não acontece nada de fantástico nele. Se tivesse acontecido, talvez os personagens tivessem se salvado.

— Um parêntese: o metrô parece exercer um fascínio muito grande sobre você... Por quê?

— Não consigo explicar, mas é assim. Tudo o que é passagem me fascina: as pontes, os bondes. Em *62 – Modelo para armar*, o bonde é um símbolo: as pessoas se encontram e se perdem nos bondes. Os trens também me interessam e, numa proporção menor, os aviões.

Mas o metrô, esta árvore de Mondrian, como o chamo no "Manuscrito", me fascina muito. A infinidade de combinações possíveis. Além de tudo, você pode ficar 24 horas no metrô – de fato, muitos *clochards* vivem nele, são expulsos de uma estação e vão para outra – pelo preço de um bilhete.

O meu fascínio deve estar também no fato de o metrô ser subterrâneo, o que o conecta a arquétipos junguianos: é o inferno. O metrô é um inferno que visitamos em vida.

— *Desde quando você experimenta as antevisões do fantástico das quais me falava?*

— Desde criança. Aceitei-as de cara. O fantástico me é familiar desde que era pequeno. Fazia, evidentemente, parte daquilo que poderíamos chamar de hipersensibilidade.

Eu não colocava nada em dúvida. Como é possível perceber, as crianças, ao contrário do que a gente pensa, são muito lógicas. Elas têm uma imaginação muito fértil e um grande sentido de jogo, mas, ao mesmo tempo, um grande rigor lógico. Desejam que as coisas sejam bem explicadas; não gostam de uma margem muito grande de incerteza, a não ser nas suas brincadeiras.

Se você narra a uma criança um conto-de-fadas, no qual acontecem as coisas mais estapafúrdias, elas aceitam tudo porque se trata de um conto-de-fadas. Não diga, porém, que aquilo aconteceu com a tia Irene, porque elas não vão acreditar. Seria necessário apresentar provas muito concretas.

Curiosamente, para mim, desde muito pequeno, ler um romance fantástico ou ler um romance histórico implicava uma mesma operação mental. Eu lia tanto um quanto o outro com o mesmo nível de credulidade. Aquilo que Coleridge chama de "suspensão da incredulidade" (ele dizia que em certos momentos a inteligência se nega a ser incrédula e aceita tudo inteiramente) era uma coisa que comigo acontecia naturalmente na infância.

Nunca fui incrédulo. Aceitava as coisas mais absurdas que me contavam. E, por isso, às vezes era considerado bobo. Mas, no plano ordinário, não era tão bobo assim. Não me passavam gato por lebre. Aquelas mentiras grosseiras que os adultos tentam impingir às crianças não funcionavam comigo. Mas o verdadeiramente fantástico, o grande fantástico, isso sim. Eu não tinha a menor dúvida de que era uma coisa aceitável, viável, que podia acontecer a qualquer momento.

O menino continua a viver no adolescente e no adulto. Era, portanto, bastante lógico que ao começar a escrever essa aceitação se mantivesse.

— *Você disse em algum lugar que é "um escritor que não renunciou à visão pueril como preço de uma visão adulta". Isso é comprovável particularmente em você e na sua literatura.*

— Todas as mulheres com as quais vivi – e não foram poucas –, todas, sem exceção, me disseram em algum momento: "O que às vezes é terrível em você é que você é uma criança." É provável que as minhas facetas pueris sejam, muitas vezes, excessivas. Diante de situações às quais os adultos reagem naturalmente, como adultos – e não estou reprovando-os, me parece perfeitamente lógico que ajam assim –, minha reação pode ser pueril, posso brincar.

Senti isso pela primeira vez na juventude ao ler *Peter Pan*, o clássico da literatura inglesa. Foi um golpe, pois coincidia com essa espécie de assimilação do personagem que eu acabei fazendo para sempre.

Muitas vezes, em momentos em que é necessário adotar um comportamento adulto, eu me refugio em um estado de espera pueril, realmente infantil, como se a solução fosse vir de outra parte, como se eu tivesse um pai todo-poderoso para me tirar dos apertos.

Nunca achei que esse fator fosse negativo: a contrapartida é essa grande porosidade, a capacidade de captação que a criança tem, e que, por razões óbvias, escapa ao adulto.

Mas o que é mesmo amadurecer? É uma operação seletiva da inteligência, que vai optando cada vez mais por coisas consideradas importantes, deixando as outras de lado. Para o adulto, deixa de ser importante brincar de amarelinha e passa a ser importante pagar o aluguel. A criança de preferência nem sabe o que é aluguel e brinca de amarelinha como se fosse algo muito importante.

Lembro-me muito bem: quando eu era criança, achava um escândalo cada vez que os grandes chegavam e diziam: "Bem, bem, acabou a brincadeira. É preciso comer e deitar." Parecia-me uma espécie de atentado, de invasão: não havíamos terminado de jogar a partida de futebol e lá vinham eles com coisas como esta. Os adultos não pensavam nunca que a nossa dimensão de crianças era tão importante como a deles. Esse sentimento ficou comigo.

— *Talvez esse sentimento tenha se transportado, como uma coisa muito importante, para a sua literatura.*

— Você acredita – é uma pergunta que lhe faço – que se eu não tivesse conservado esta porosidade da criança seria o escritor que você conhece?

— *É evidente que não. Creio que, ao final de tudo, para você a literatura deve ser uma brincadeira, uma grande brincadeira.*

— Acho que é correto seguir esse caminho. Ele nos leva a uma tentativa de definição do lúdico; o lúdico não como uma visão trivial, infantil (no sentido que os adultos dão à palavra infantil), mas sim uma atividade profundamente séria. A brincadeira como uma coisa que tem uma importância em si, um sistema próprio de valores e que pode dar uma grande plenitude a quem a pratica.

Nesse sentido, a literatura sempre foi para mim um exercício lúdico. Você tem razão. Não acredito ter mudado essencialmente de atitude no caminho entre aquele menino que brincava com o "mecanô" e passava horas inventando, com muito prazer, uma nova grua, um novo caminhão, e o escritor que inventa um "modelo para armar". Há uma equivalência que não foi destruída pelos anos. Neste plano, não mudei.

— *Não é por acaso que você tem um romance que se chama* O jogo da amarelinha.

— E um livro de contos, *Final do jogo*. E uma outra novela, *62 – Modelo para armar*. O curioso é que, ao dar estes títulos a cada livro, nunca pensei nos anteriores. Isso volta como uma espécie de presença inevitável em mim.

Em alguns dos contos, inclusive mais recentes, como "O manuscrito encontrado em um bolso", que comentávamos, se fala explicitamente em "regras do jogo". O personagem joga um jogo mortal que, evidentemente, tem que terminar em catástrofe, mas tem todas as características de um jogo: um código – como na amarelinha, no futebol, no boxe – e a possibilidade de ser interrompido por não ser fatal. Ainda que aquele que jogue um jogo de verdade o jogue até o final. O personagem não pode abandonar o jogo que inventou, mesmo que o leve à morte.

— *Em* O jogo da amarelinha, *Oliveira não enfrenta os seus limites com a atitude de um jogador que, de alguma maneira, está apostando a própria vida?*

— Acredito que você tem razão. Sim, principalmente nas situações críticas ele tem uma atitude que poderíamos qualificar de lúdica. Como poderia fazer um jogador de xadrez, opta por um movimento e joga.

Ainda que faça, habilmente, o que não deve ser feito. É exatamente isso que caracteriza alguns jogadores geniais. Os maiores gols de Pelé foram marcados precisamente quando ele fez tudo ao contrário do que teria feito um outro jogador.

— *E a literatura como jogo?*

— Acho que é o mais sério de todos. Se fizéssemos uma escala de valores dos jogos que fosse dos mais inocentes aos mais refinadamente intencionais, acredito que teríamos de colocar a literatura (e a música, a arte, em geral) entre os de expressão mais alta, mais desesperada (sem o valor negativo desta palavra).

— *Mas falávamos do escritor-criança. Os seus contos estão povoados de crianças; em muitos deles, você assume o ponto de vista infantil.*

— Tenho que falar de novo da minha infância e de como cheguei à literatura. A infância é capital nessa história. Fui uma criança terrivelmente precoce, com todas as desvantagens que isso implica. Não acredito que minha inteligência fosse superior; mas a minha sensibilidade sim, era muito superior. Sei disso porque tinha como me comparar com os meus companheiros de escola. Uma das coisas que me doía o tempo todo era a insensibilidade que eles demonstravam ter em relação a coisas que me levavam a reações muito violentas, desde ver um gato molestado até saber da desgraça de alguém, coisas que deixavam as pessoas indiferentes e a mim provocavam traumas muito penosos. Outro exemplo: a revelação muito prematura da morte. A morte sempre foi para mim – e ainda é – um escândalo absoluto.

Uma criança com tal sensibilidade fica muito marcada. É bastante lógico, portanto, que ao começar a escrever no final da adolescência, na primeira juventude, todas aquelas capas que haviam, aparentemente, ficado para trás, tivessem voltado em forma de personagens, de semiconfissões, como é o caso do conto "Os venenos" e de "Bestiário". O fundo de sensibilidade da menina Isabel de "Bestiário" é o meu e o menino de "Os venenos" sou eu. Em geral, as crianças que circulam pelos meus contos me representam de alguma maneira.

— As crianças de *Final do jogo*, "Depois do almoço", "A porta condenada"...

— Claro. E algumas outras que podem nos escapar. Os críticos disseram muitas vezes que o tratamento literário que dou às crianças em meus contos e romances é eficaz, que as sinto muito de perto, que as faço falar e viver sem artificialidade.

Isso não me custa absolutamente nada. Tenho um bom diálogo com as crianças. Tenho uma boa relação com o mundo delas porque não tento impor-lhes minha estrutura de aproximação. As crianças, assim como os cães e os gatos, compreendem perfeitamente a minha atitude.

Critico muito o comportamento dos adultos em relação às crianças. Percebo a cada momento as besteiras que eles cometem, a maneira como violam e mutilam as crianças com suas negativas, seus tabus, com "isto está bem, isto está mal", esta espécie de castração contínua a que os grandes submetem os pequenos.

Sou muito sensível a isto porque, como lhe dizia, sofri na infância. Percebia até que ponto os grandes eram às vezes estúpidos, mas tinha que ficar calado para não ser castigado, para que eles não me impusessem o princípio da autoridade.

O resultado é que hoje, para mim, uma criança é muito mais respeitável do que um adulto. Tenho uma ótima relação com elas: não falo até que falem comigo, não as toco até que me toquem, não brinco com elas até que brinquem comigo; em uma palavra, temos uma espécie de código que consiste no seguinte: um não chateia o outro. Aí surge a aliança.

— *Você falou dos gatos e dos cachorros, de uma boa conexão com o mundo animal. Há um verdadeiro zoológico em seus livros.*

— Sempre fui, desde criança, profundamente indiferente ao reino vegetal: nunca distingui muito bem um eucalipto de uma bananeira; gosto das flores, mas não me ocuparia em ter um jardim. Acontece o contrário com os animais. Eles me fascinam. O mundo dos insetos, dos mamíferos... Descobrir pouco a pouco afinidades e similaridades... Acho que o gato é o meu animal totêmico e eles sabem disso, como pude comprovar muitas vezes ao chegar à casa de amigos que têm cães e gatos. Os cães me tratam com indiferença, mas os gatos me abordam logo na chegada.

Lembro um pouco de "Circe", aquele meu velho conto, o que curou a minha pequena neurose com a comida, no qual os animais seguiam Delia, o personagem maléfico que recheava com baratas os bombons que dava aos seus namorados. Havia ali uma relação de magia negra, absolutamente fantástica entre certos animais e Delia. No meu caso, o que há é uma bela relação diurna. O gato sabe quem sou, eu sei quem é o gato. Não há mais nada a dizer. Somos amigos e tchau, cada um para o seu lado.

Se alguém for fazer uma estatística de meus livros, descobrirá uma grande percentagem de animais. Para começar, o meu primeiro livro se chama *Bestiário*. Com muita freqüência, os seres humanos também são vistos como animais e são vistos do ponto de vista do animal; há certos climas nos quais são vistos zoologicamente.

Senti um grande prazer quando, há alguns anos, o editor italiano Ricci me pediu um texto para publicar com gravuras de belíssimos animais de autoria de um *naïf* austríaco chamado Zötl. Escrevi um texto que não tinha nada a ver com as gravuras mas no qual relatei lembranças de animais ao longo da minha vida, toda uma série de histórias.

No meu território fantástico há, efetivamente, uma grande circulação de animais. Acredito que isso diz respeito também ao mundo onírico. Estão aí incluídos alguns arquétipos junguianos: o tema do touro e o tema do leão tendem a voltar nos sonhos e são sempre símbolos sexuais, ou de vontade ou de poder. Em mim, isso se dá no plano literário.

— *Você se perguntou alguma vez por que os animais o fascinam?*

— O que me fascina no reino animal, sobretudo nas escalas inferiores, digamos, no mundo dos insetos, é o fato de estar diante de algo que vive em um estado de incomunicabilidade total e absoluta comigo.

Sempre fui obcecado pela impossibilidade que temos de nos projetar pelo menos por um segundo na estrutura de um animal para ter uma idéia da realidade que ele capta do ponto de vista dele.

É evidente que um inseto capta uma realidade. Só que a noção de captar supõe desde logo um registro. E o que é que um animal registra? A mosca registra sua mão porque ela foge quando você se aproxima. A abelha registra a luz porque é foto-orientada e a procura para sair, locomove-se dentro de um universo luminoso. Outros animais registram odores.

Mas, para mim, o mais exasperante é a noção da incomunicabilidade total que há entre uma mosca e um homem, entre uma formiga e um homem. Você vê a formiga, um animal social, cumprir tarefas específicas e determinadas com uma habilidade extraordinária e uma completa consciência profissional, mas não pode aplicar-lhe nenhum de nossos valores, de nossos movimentos mentais, ainda que o mais primário, porque a formiga não tem uma mente – mas, então, o que é que ela tem?

A velha solução, o velho escapismo fala em instinto, uma noção totalmente destruída em nossos dias. Instinto é uma palavra que não significa absolutamente nada. Resta este imenso mistério da colméia, do formigueiro, nos quais há uma estrutura social que, ainda por cima, está fora de toda a noção de história. Quer dizer: os formigueiros do tempo de Péricles são os mesmos formigueiros de hoje, não há a menor diferença, e as formigas do tempo de Péricles faziam exatamente a mesma coisa que fazem as de hoje. E as abelhas não mudaram ao longo de milhões de anos.

Ou seja: um animal se move fora do tempo – posto que a história se dá em um contexto temporal –, repete ao infinito os mesmos movimentos, e para quê? Por quê? Essas são noções humanas que não valem para um inseto. Dizemos que o animal trabalha, mas a noção do trabalho quem insere somos nós.

— *O tempo, a dimensão fantástica do tempo, é outra velha preocupação sua. Um dos exemplos mais ilustres em sua obra é o de Johnny de "O perseguidor".*

— Em "O perseguidor", o personagem de Johnny tem aquilo que os sociólogos chamam de paravisões ou como você queira chamar esse sentimento de fratura do tempo...

— *"...isto eu estou tocando amanhã."*

— "Isto eu estou tocando amanhã..." Ou quando, de repente, percebe que entre três estações do metrô pensou em dois minutos uma série de coisas que se fossem desenvolvidas no tempo corrente levaria vinte, trinta minutos para contar. E é isso que o preocupa.

Para objetivar o que estou lhe dizendo: o que acontece com Johnny acontece comigo com muita freqüência. Outro dia, voltando da Unesco, aconteceu de novo.

— *Conte-me o que aconteceu.*

— O metrô, como os bondes, que dizíamos que são um símbolo em *62*, são lugares de passagem. Você entra em um veículo que se move, que o desloca.

— *...o barco, em* Os prêmios...

— ...exatamente... Em que você não tem nada a fazer. São os momentos em que você fica submetido a uma espécie de passividade total enquanto o levam a um determinado destino. Nesses momentos, é produzido em mim o fenômeno da distração. É evidente que há algo em mim que se desloca e me ponho a pensar, como aconteceu, por exemplo, outro dia entre as estações Ségur e Duroc. Em 1942, fui com um amigo à selva de Missiones, na fronteira com o Paraguai, onde fiquei caçando e levando uma vida selvagem. Lembro-me de muitos detalhes, de uma grande quantidade de coisas que aconteceram naqueles três meses. Volto a ver meu amigo, que já morreu. Eu gostava muito dele. Lembro-me dos diálogos que travei com este amigo quando estudávamos juntos, dos problemas políticos daquela época, dos professores, das noivas... Uma *recherche du temps perdu*.

Estou, enfim, perdido nisso, em uma interminável e detalhada rememoração.

E o fenômeno que se apresenta é que (e aqui sou absolutamente formal) de repente há algo, um *click* que me diz que estou chegando à minha estação. Passaram duas estações. Relógio na mão, pode-se comprovar que a viagem durou dois minutos e dez segundos. Saio do estado de distração e percebo que para desenvolver tudo o que estive pensando precisaria de pelo menos meia hora. É o que acontece com Johnny.

Como posso reviver tudo aquilo em pouco mais de dois minutos? Como funcionam esses tempos? Ter ficado imerso em outra dimensão do tempo é, para mim, uma abertura apaixonante, porque, se isso nos acontece de maneira involuntária, talvez o homem pudesse provocar este fenômeno voluntariamente, multiplicando enormemente o tempo. Se pudesse me instalar permanentemente neste outro tempo... O ruim é que sempre volto.

— *...para contá-lo. Como, por exemplo, em "Liliana chorando", o primeiro conto de* Octaedro.

— Sim. Nesse conto há uma irrupção de um tempo diferente do tempo de nossos relógios. O moribundo pensa na vida futura de Liliana, sua mulher, ao longo de muitos meses – que, para ele, são só dois ou três dias em uma clínica, escrevendo –, e, no último momento, quando descobre que não vai morrer, o destino de Liliana, que encontrara um outro homem pois estava certa de que ele morreria, já está cumprido. É cumprido em outro plano do tempo, mas é cumprido.

— *Ou "A auto-estrada do Sul", onde a fuga a uma outra dimensão do tempo é coletiva.*

— Trata-se de um grupo de pessoas que, efetivamente, entra em uma dimensão temporal inconcebível para nós. No entanto, para elas, ela é a tal ponto verdadeira que as estações se sucedem, há amores, mortes, há quem engravide e, em algum momento, o *click*: tudo se rompe e todos voltam ao tempo ordinário.

— *Acredito que poucos entre aqueles que leram "A auto-estrada do Sul" não se lembrem do conto quando se vêem num daqueles intermináveis engarrafamentos de automóveis na entrada de Paris.*

— Acredito que vários de meus contos atraem o leitor por serem uma espécie de eco de seu subconsciente. Se Jung tem razão e compartilhamos um inconsciente coletivo, é bastante lógico que seja assim.

Nesse conto, sem que tivesse esse propósito, eu toquei também em uma das obsessões do nosso tempo. Comigo aconteceu cinco meses depois de escrevê-lo: passei quatro horas engarrafado numa auto-estrada e o conto começou a se repetir. Aconteciam as mesmas coisas. Eu fiquei amigo de um caminhoneiro que vinha logo atrás porque dava para subir no caminhão dele para ver a distância. Uma velhinha veio perguntar se alguém tinha água porque a netinha estava com sede. Estivemos ali quatro horas, durante as quais foi reproduzida aquela mesma angústia vivida pelos personagens do conto, essa espécie de claustrofobia ao ar livre, como poderíamos chamá-la.

“A idéia central de ‘O jogo da amarelinha’ é uma espécie de petição de autenticidade total do homem.”

IV.

— VOCÊ DIZIA *que algumas preocupações que você sempre teve (o salto para fora do tempo, a perseguição de uma outra realidade, a busca de um centro) mudaram de centro de gravidade a partir de* "O perseguidor".

— Sim, no caso de Johnny, as angústias – se quiser você pode chamá-las de metafísicas – estão centradas no homem. O que Johnny está procurando à sua maneira primitiva é, na verdade, o que Oliveira vai procurar, com uma bagagem cultural um pouco maior – ainda que não seja muito maior –, em *O jogo da amarelinha*. Definitivamente, Johnny está procurando nele mesmo e no próximo aquilo que poderíamos chamar, em uma nova escala, de o homem novo, visto a partir de uma outra ótica.

— *Um homem que conquistou um território mais amplo, que violou seus limites presentes.*

— Claro. Um homem que, através de uma série de operações espirituais – de *satoris*, como diriam os mestres do Zen –, rompeu com uma série de limitações que faziam dele uma criatura desgraçada, infortunada, como se sentia o próprio Johnny e também Oliveira.

— *Em relação a isto, há algumas críticas à sua obra das quais também discordo: a afirmação de que a tentativa de captar uma outra realidade, de conquistar territórios inéditos, fracassa em Oliveira e em Johnny por causa de uma espécie de desajuste entre o que eles pretendem e a capacidade intelectual de que dispõem. Se não se chega à abertura através dos instrumentos disponíveis, da razão de que dispomos, mas sim, digamos, por meio de mecanismos parapsicológicos ou pararracionais, como explicar esta impossibilidade?*

— Assim como você, acho que essas críticas são totalmente falsas. Podemos ampliar um pouco a discussão. Podemos perguntar por que vi e criei os personagens da maneira que os vi e criei. Os escritores têm, em geral, a tentação de criar personagens muito complexos: em primeiro lugar, porque eles facilitam o jogo do escritor. E depois, porque é mais agradável trabalhar com personagens que tenham uma grande possibilidade de recursos.

Eu acho essas questões muito fáceis. Eu me lembrava de Thomas Mann, representante de um humanismo que era muito respeitável em sua época mas que foi totalmente quebrado e neste momento não tem mais nenhum valor para mim. Ao escrever *A montanha mágica* ou *Doutor Fausto*, Mann escolheu personagens hiperintelectuais, hipercultos, e trabalhou com eles.

Eu penso que o tipo de busca que Johnny e Oliveira empreendem não apenas não exige intelectuais tão categorizados como requer também, sobretudo no caso de Johnny, uma espécie de inocência, aquele tipo de ingenuidade revelada por Rousseau, o funcionário da aduana que pinta obras-primas sem ter a menor idéia do que está fazendo, se fosse levado em conta o ponto de vista pelo qual seria analisado pelos críticos.

— *De uma certa maneira, isto supõe uma negação do puramente intelectual.*

— Claro. Mas não vá você achar que essa negação é uma coisa muito sistemática. Eu não estou, absolutamente, pretendendo instaurar agora uma espécie de culto à ignorância ou à mediocridade.

O que acontece é que quanto mais freqüento a chamada gente comum, os *populares*, as pessoas não muito cultas, mais fico espantado com a sua capacidade de intuição e com a abertura que elas têm para certas coisas, e isso nem sempre acontece com os eruditos e os hiperintelectuais.

— *O que você combate é uma certa concepção da razão.*

— Sim. A razão – ainda que a palavra seja um pouco ambígua –, entendida aristotelicamente, quer dizer, toda a herança judaico-cristã-aristotélica-tomista do Ocidente que desemboca no humanismo dos nossos tempos. É isso que Oliveira põe em cheque em *O jogo da amarelinha*. Mas, olhe, vou repetir: não se trata, de maneira nenhuma, de abrir mão dela.

— *Parece que estamos diante de novos paradoxos: se* Amarelinha *é uma tentativa de dinamitar certos valores e uma determinada cultura através da linguagem e de certas formas narrativas, não é contraditório que você tente fazer isso usando valores, cultura e linguagem que, queira ou não, também são as suas?*

— Sempre entendi isso muito bem. Por isso, *Amarelinha* é construído sobre diferentes plataformas, ainda que isso não fique sempre bem claro no livro.

Há, por um lado – e isso é ao que você se refere agora –, uma tentativa de dinamitar a razão excessivamente intelectual ou intelectualizada. Mas há mais nesse livro: a tentativa de fazer voar aos pedaços o próprio instrumento de que se vale a razão, que é a linguagem. A tentativa de buscar uma linguagem nova. Modificando as raízes lingüísticas, modificaríamos também todos os parâmetros da razão. É uma operação dialética: uma coisa não pode ser feita sem a outra.

Não pense você que eu não tinha plena consciência de estar combatendo o inimigo com suas próprias armas. Mas é que um escritor não possui outras.

— *Você tem uma boa vocação para "terrorista".*

— Sim. Mas é preciso ter o cuidado de não me ver como um "terrorista" feroz. Não procuro fazer tábula rasa da civilização ocidental. O que quero é provocar uma espécie de autocrítica radical dos mecanismos pelos quais chegamos a esta série de encruzilhadas, de becos aparentemente sem saída... É assim que Oliveira via o mundo no momento em que escrevi *Amarelinha*.

Alguns pontos de vista mudaram, mas naqueles momentos das décadas de 50 e 60 a minha encruzilhada era a mesma. A idéia central de *O jogo da amarelinha* é uma espécie de petição de autenticidade total do homem: que ele deixe cair, através de um mecanismo de autocrítica e de revisão desapiedada, todas as idéias recebidas, toda a sua herança cultural, não para abandoná-las e sim para criticá-las, para tentar descobrir os elos frouxos, para descobrir onde se quebrou uma coisa que poderia ter sido muito mais bela do que é.

— *Que influências tiveram sobre o você as filosofias orientais, o Zen, o Vedanta?*

— Não se deve exagerar a respeito da influência que estas escolas tiveram sobre mim. Sempre gostei da filosofia ocidental. Estudei-a na Argentina desde a infância. Primeiro, me interessaram os pré-socráticos e, logo depois, Platão. Mesmo tendo lido um pouco dela, não me envolvi muito com a filosofia escolástica. Em seguida, procurei a filosofia moderna.

Sempre fui fascinado pelo vocabulário filosófico, pelas idéias e, principalmente, pelas intenções da filosofia.

Já na Europa, comecei a ler, pela primeira vez, mas não de uma maneira sistemática, livros de metafísica oriental. Não posso dizer que tenho uma cultura do tipo orientalista. Li uma dezena de livros sobre o Vedanta e textos vedânticos. Li também alguma coisa sobre Zen e ensaios complementares. Mesmo tendo sido bastante sumárias, digamos que estas leituras foram para mim como aqueles quadros medievais em dois *panneaux:* tinha a impressão de que havia conhecido bastante bem um deles e que o outro tinha ficado dobrado. Mas de repente a minha visão se abriu, e senti que o Ocidente vê os sistemas filosóficos como sistemas fechados. No Oriente, não: tudo é ao contrário. A abertura é total e, na medida do possível, são negados os conceitos causais, como o do tempo e o do espaço.

Do ponto de vista da metodologia, tudo isso me pareceu muito aproveitável para um homem ocidental.

Você sabe muito bem que aqui na Europa há uns orientalistas obstinados que sustentam que toda a filosofia ocidental é prescindível, e que devemos nos voltar para o Vedanta. Da minha parte, eu simplesmente acredito que o Oriente desenvolveu uma estrutura mental que lhe deu uma metafísica diferente...

— *...que a você interessa como provocação à sua própria cultura.*

— Mais: como confrontação. Cada vez que me vejo diante de uma manifestação claramente ocidental sobre alguma coisa, me faço a seguinte pergunta: "Está bem, mas como esta questão seria vista por um adepto do Vedanta ou por um monge Zen?" Isso é muito útil como experiência pessoal.

— *Mas vamos ver o outro lado. Como o ponto de vista ocidental é visto pelo homem oriental?*

— Este exercício também pode ser muito útil. Sempre que vou à Índia tenho a oportunidade de falar com meus amigos hindus. É muito curioso observar como eles reagem a propostas tipicamente ocidentais. Ficam entusiasmados, descobrem uma série de coisas. Isto demonstra que esses confrontos são úteis para ambas as partes.

— *Que conseqüências teve para* Amarelinha *o fato de seu autor ser argentino e não japonês?*

— A pergunta é curiosa. É bom que você a tenha feito. Acredito que *Amarelinha* é um livro muito argentino. Afinal de contas, uma das características dos argentinos é a sua falta de certeza e de bases culturais, e isso se deve ao fato de sermos o resultado de uma mistura.

Quando você fala com um francês médio, percebe que ele é absolutamente seguro de si mesmo. Tem às suas costas vovô Pascal, vovô Descartes, vovô Montaigne. Para este francês tudo parece estar resolvido, o que não é o caso dos argentinos e dos uruguaios.

— *É verdade.*

— E aquilo que é, aparentemente, uma desvantagem para argentinos e uruguaios, torna-se, no caso de *Amarelinha*, uma arma positiva: usar essa falta de continuidade, de certeza cultural, para procurar se mover em novos territórios. Nós temos a necessidade e a possibilidade de explorar.

É isso que os críticos europeus mais inteligentes estão vendo naquilo que todos nós escrevemos. Eles ficam muito espantados com a nossa atitude iconoclasta, com o fato de tirarmos as coisas dos limites, de inventarmos.

Um francês tem muita dificuldade de inventar. Uma nova experiência na França é um parto difícil. Na Argentina, quando se tem talento não é muito difícil andar por caminhos novos: veja como Borges se soltou em seu caminho, e Macedônio Fernández e, entre vocês, Felisberto Hernández, Juan Carlos Onetti...

— *De onde você tira essa irreverência diante do consagrado, muito presente em* Amarelinha *mas não apenas nesse livro?*

— Ah! Esse é um dos grandes coquetéis Molotov lançados por mim em *Amarelinha.* Eu o atiro na cara de toda uma classe social e de toda uma estrutura social de raiz histórica. Uma das piores heranças que os espanhóis nos deixaram é a tendência à seriedade, à presunção; em outras palavras: a falta de senso de humor. Isso explica esse ataque à seriedade com maiúscula.

— *O "Grande hábito".*

— Ou "essa senhora muito ouvida" da qual às vezes falo. Esse ataque, esse ato de guerra, faz parte da estratégia de *Amarelinha.*

Você me perguntava de onde vem essa minha atitude. Vou-lhe dizer: por que não? Não acredito muito em influências, num sentido acadêmico, mas tampouco as ignoro. Sei como se faz uma cultura: conheço as demais e a minha própria.

A influência da literatura anglo-saxã foi determinante para mim. Eu aprendi com os ingleses e, conseqüentemente, com os norte-americanos, mas sobretudo com os ingleses do século XVIII, o humor, o respeito pelo humor, pela sua eficácia como arma literária.

— *E Jarry?*

— Sim, claro, também aprendi com o humor francês, mas é uma outra coisa. O humor de Jarry é um humor moderno, negro, muito sinistro, absolutamente destrutivo.

Jarry demoliu uma porção de ídolos daqui. Claro que demolir é uma forma de construir ou, pelo menos, de preparar o caminho. Nesse sentido, seu valor é enorme. Como o de muitos dos surrealistas, que também usaram muito bem o humor.

— *Uma coisa muito argentina, também.*

— Sim, creio que sim, mas que lá não se reflete na literatura. O humor de Macedônio, por exemplo, é extraordinário; mas não há muitos casos mais.

— *Certo. Mas eu pensava no humor dos argentinos, aquele que fica à margem da literatura.*

— Eu preferiria falar em humor rio-platense. O humor uruguaio também é extraordinário. No entanto, na hora de escrever ficamos todos muito sérios.

Observe. Parece brincadeira. O homem comum fala com você com toda a naturalidade, mas, quando tem que escrever uma cartinha, fica sério. A única coisa que sai é: "tomo da pluma" e "ao receber a presente..."

Eles não percebem que não haveria problema nenhum se escrevessem cartas com a mesma desenvoltura com que falam.

As crianças já agem assim ao escrever suas composições. Elas são espertas, engraçadíssimas, mas de repente ficam sérias. E as professoras incentivam este tipo de atitude. Há, na prática, toda uma mecânica pequeno-burguesa de origem espanhola.

Eu achava que tinha de lutar contra estas deformações. E tentei fazer isso em *Amarelinha.*

— *Acabo de reler* Amarelinha. *Este livro tem um imenso poder de provocação. Dá pra sentir que você faz um ajuste de contas global, com você próprio e com o mundo.*

— Um ajuste de contas do caralho! Em primeiro lugar, como dizia, coloco todos os valores em dúvida. Freudianamente, mato a minha família, mato o meu país, mato os meus compatriotas, mato os meus amigos, mato todas as heranças. Mato-as no sentido de questioná-las.

— *Você as confronta com o seu projeto de vida para saber se servem ou não.*

— Certo. É por isso que há uma referência ao retorno ao zero. É uma coisa que se percebe muito no Oliveira dos primeiros capítulos. Ele não aceita nada sem reconsiderar cada coisa para decidir se deve aceitá-la ou não.

— *Neste sentido, o livro pode ser considerado autobiográfico.*

— Sim. Em primeiro lugar, eu questionei a mim mesmo. Questionei tudo, toda a minha herança cultural. Como já disse, uma das coisas que mais me motivou a partir para esse questionamento foi o choque brutal proporcionado por uma realidade muito diferente. A realidade européia deixou o meu chão ensaboado, me tirou do lugar.

— *Não fosse esse choque, talvez você tivesse continuado na Argentina, como um escritor de bons contos.*

— Para ganhar a vida, eu teria voltado à Universidade, ao ensino... Qualquer coisa, mas não teria feito esse questionamento profundo e impiedoso.
Se tenho certeza de alguma coisa, posso dizer com segurança que eu não teria escrito um livro como *Amarelinha* se tivesse ficado na Argentina. Estou absolutamente certo disso.

— *Não se trata de negar a experiência argentina em bloco.*

— Não apenas não quero negá-la, como sinto a alegria de aceitá-la verdadeiramente limpa. Não a vivo como um sistema de mentiras, como um grande engano ou um imenso espelho.

— *Qual é o parentesco entre você e Oliveira?*

— Na realidade, no plano pessoal, Oliveira é muito parecido comigo. Ele é extremamente terno, mas dissimula sua ternura. Terno e necessitado de ternura... O que acontece é que ele jamais aceitará a ternura se ela vier acompanhada de alguma compaixão, se for uma ternura fácil. Ele quer coisas absolutas.

— *Ele tem medo de se atirar, para que não tenham pena dele. Quando se joga com Berthe Trépat, a pianista...*

— ...você viu o que acontece?

— *Ele se sente muito bem com os* clochards, *ou seja, em condições de fundir-se com a merda.*

— Sim. Mas é aí que a polícia cai em cima dele. Isso acontece exatamente quando está seguindo o conselho de Heráclito: meter-se na merda até o nariz para curar-se da hidropisia mental e moral que carrega.

— *Um dos problemas de Oliveira é a sua condição de espectador. Muitas vezes ela o leva a invejar a forma de vida muito mais natural, mais espontânea e irreflexiva da Maga. É uma atitude semelhante à do doutor Hardoy, de "As portas do céu", ou do Bruno, de "O perseguidor". São personagens que não podem escapar de seu circuito fechado de reflexão, não podem dissolver-se um pouco nos outros. Não podem participar. Este também é um aspecto pessoal, autobiográfico?*

— É, sem dúvida nenhuma, uma coisa muito pessoal. "As portas do céu", "O perseguidor" e *Amarelinha*, para falar de três casos citados por você, são textos anteriores à minha tomada de consciência nos planos histórico e político.

Naquele momento da minha vida, eu me sentia pessoalmente como um mero espectador do que acontecia lá fora. Não tinha uma participação verdadeira. Não tinha vontade de me comunicar com "o outro", com o próximo.

Eu podia ter excelentes relações, podia estar apaixonado por uma mulher, gostar muito de um amigo ou de alguém da minha família. Poderia estender pontes individuais. Mas até o momento da minha tomada de consciência, eu era alguém que estava realmente do lado de fora.

Tenho a impressão de que, sem ter uma plena consciência disso, os três textos mencionados refletem os meus sentimentos com muita precisão. E "As portas do céu" talvez mais que os outros.

— *O personagem ficha as pessoas, atribui notas a cada situação.*

— Eu também tinha o hábito de carregar fichas. Quando cheguei em Paris, quis continuar usando-as, até que o chão se moveu e entrei no clima de *Amarelinha.*

Não cheguei, porém, a dar o passo. O passo foi dado depois. Mas, sem *Amarelinha,* sem a experiência que *Amarelinha* traduz, eu nunca o teria dado.

— *Não obstante, em vários momentos do livro Oliveira desperta e diz que a saída não pode ser individual.*

— Ele chega a essa conclusão porque não é bobo, mas, ao mesmo tempo, não é um sujeito que vá se mexer à-toa. Não se esqueça, por exemplo, de que ele se nega a participar da distribuição de panfletos contra a guerra da Argélia. Chega até a acusar os que participam de estarem fabricando boas consciências com trabalhinhos mais ou menos revolucionários. Não, eu percebia algumas coisas, mas a minha consciência ainda não havia despertado.

— *Mas sua tomada de consciência não nasce do nada.*

— Claro que não! É por isso que eu lhe dizia que, sem tudo aquilo que *Amarelinha* significou, eu não teria podido dar o passo que me levou a descobrir, bruscamente, através do olho coagulante da Revolução Cubana, uma América Latina que, como tal, não havia me importado nem um pouco até aquele momento. Eu só tinha interesse pelos indivíduos, por valores que para mim tinham sentido, e pelo universo estético.

— *Como foi o processo de trabalho de* Amarelinha*?*

— Comecei por uma espécie de obrigação de começar. No princípio, eram umas tirinhas de papel nas quais ia escrevendo de diferentes maneiras, em diferentes momentos. Depois tudo isso se ajustou e combinou.

O primeiro capítulo que escrevi foi o da cantina. Na máquina, o livro começa aí, na parte de Buenos Aires. Poderia ter sido um conto; como situação, me ocorreu como me ocorrem as situações dos contos: de pronto vi aquele tipo, uma espécie de vagabundo que falava com alguém na janela da frente. Começava então toda a estranha cerimônia do lugar, do pacote de erva, dos cravos e da presença da mulher – que é uma espécie de aposta. Quando terminei, senti que tinha que ir para trás.

Oliveira estava em Buenos Aires, mas antes havia vivido em Paris (com grande parte da minha experiência). Comecei, então, a parte de Paris. Uma série de capítulos curtos que eu havia escrito sem sequer pensar em romance já estava pronta.

Eu poderia apontar textos – pequenas descrições, ambientes, situações de Paris – que se inseriram logo, naturalmente, no livro. Eram pedaços do romance, mas eu não sabia.

— *Não houve, então, nenhum plano?*

— Nenhum plano. Se alguma coisa não foi planejada, é *Amarelinha*. Os capítulos foram se acumulando. Quando voltei para trás e comecei a escrever a parte de Paris, escrevi primeiro um capítulo narrativo, depois, alguns capítulos soltos – onde se falava incidentalmente da Maga e dos primeiros encontros mais ou menos mágicos – e logo um capítulo muito, muito longo, no qual os personagens vão se definindo: a Maga conta a história de Montevidéu e logo chega Oliveira, já se vê como ele está. E é revelado um pouco dos outros personagens.

A partir daí, continuei escrevendo narrativamente, com os grandes ocos que há. A vida de Póla, uma amiga de Oliveira, por exemplo, é contada espasmodicamente. Ela entra e sai da vida de Oliveira como se entrasse por uma janela e saísse por outra. Não há seqüências definidas.

Mas eu seguia uma ordem. Há uma ordem evolutiva da relação de Oliveira com a Maga, a morte de Rocamadour, a partida não explicada ou explicável da Maga e o desmoronamento final, um pouco delirante, de Oliveira, até que ele acaba preso e é mandado de volta à Argentina. E há todos aqueles capítulos intermediários, o longo diálogo com Gregorovius, a visita a Morelli no hospital, as grandes discussões sobre sua obra... Tudo isso.

— *Como surgiram os capítulos "prescindíveis"?*

— Este foi um trabalho paralelo. Quando interrompia a parte narrativa, ia ler jornal, e se encontrasse algo que me chamasse a atenção, pegava aquele texto e copiava. Às vezes, andando pela rua ou sentado em um café, me ocorriam notas que convertia em "morellianas". Eu estava envolvido com o tema do romance e ficava o tempo todo refletindo sobre o problema do escritor, a crítica da crítica, a escrita da desescrita, em tudo o que Morelli diz... E ia escrevendo.

Acho que foi correto – ao contrário do que fizeram Thomas Mann ou Aldous Huxley – não incluir os capítulos "prescindíveis" na ação dramática.

— *Os capítulos "prescindíveis" nem ao menos são impostos: pode-se optar por lê-los ou não. Agora, para que o livro responda verdadeiramente à sua intenção, creio que é necessário lê-lo alternando uma parte e outra, ir da ação dramática aos capítulos chamados "prescindíveis".*

— É uma das possibilidades, claro.

— *À parte os elementos de teoria literária que há nos capítulos "prescindíveis", que outro resultado você procurava ao incorporá-los?*

— Uma coisa que me parecia muito importante enquanto escrevia *Amarelinha*: a procura do leitor cúmplice.

Ao escrever o concerto de Berthe Trépat ou a morte de Rocamadour, eu mesmo – e esse é o meu romantismo, do qual falávamos – me deixava levar pela narração que se inflava até alcançar uma dimensão novelesca um tanto hipnotizante.

É precisamente por isso que ao final desses capítulos e às vezes na metade deles há um aviso, um pequeno comentário teórico, que aparentemente não têm nada a ver. Eles servem, simplesmente, para lavar o rosto do leitor. A intenção é dizer ao leitor: "Não se deixe levar por tantas emoções."

— *É como se dissesse: "Veja, você está lendo um livro que também tem que escrever, do qual tem que participar."*

— Exatamente. E, a propósito, vou lhe contar uma coisa interessante, que foi uma surpresa para mim. Uma jovem norte-americana que escreveu uma tese sobre os meus textos me disse certa vez uma coisa que chamou muito a minha atenção: "Ao iniciar o seu livro com um 'manual de instruções', você contradiz a sua teoria do leitor cúmplice. Na verdade, você o submete a uma outra forma possível de leitura. Você está dizendo: 'Leia o livro desta ou daquela maneira.' E se esta pessoa não quiser ler nem de uma maneira nem de outra? Ao orientá-lo, você faz o mesmo que qualquer escritor tradicional que não dá instruções mas enfia o livro no leitor da primeira à última página."

Nunca havia pensado nisso. Minha defesa foi que, no começo do livro, é dito o seguinte: "Este livro é muitos livros, mas acima de tudo, dois livros." Recebi várias cartas sugerindo uma organização diferente dos capítulos. As pessoas diziam: "Leia o livro assim; você vai ver que é muito melhor." É extraordinário... Há pessoas que inventaram os seus próprios itinerários no livro.

— Em alguns casos, há uma relação entre a ação dramática e os capítulos "prescindíveis"; em outros, não há.

— Não há. Não só não há, como estão em franca contraposição. Tiram o leitor de uma situação muito emotiva e o metem em uma outra que é cômica. Posso citar aquela em que a duquesa fulaninha quebrou uma perna jogando críquete.

— Isso não é mais do que "lavar o rosto do leitor"? Você não o coloca um pouco na pele do escritor ao dizer-lhe: "Veja, quando um escritor está escrevendo um romance, ele está enfiado em um ambiente onde acontece uma porção de coisas que desabam sobre o texto como meteoritos, ou saem dele quando menos se espera?"

— É certo, mas eu estaria mentindo se lhe dissesse que na época eu tinha essa intenção. Dez anos depois, no "Livro de Manuel", há essa intenção naquela coisa da leitura cotidiana dos jornais e a sua intromissão no livro que estava sendo escrito.

Eu me recordo que em *Amarelinha* minha intenção explícita era despatetizar, desipnotizar o leitor através de passagens bruscas que o tirassem de situações emocionais que poderiam transformá-lo em leitor-fêmea.

— O final de Amarelinha *deu muito o que falar. É um final aberto. O leitor deve decidir a sorte do protagonista. E é um final "redondo": o livro fica dando voltas entre o capítulo 58 e o 131, segundo o "manual de instruções". Isso foi deliberado?*

— Absolutamente deliberado. O livro fica dando voltas, como você diz. Terminada a leitura, cada um dos leitores, a começar por mim, pode ter a sua própria versão do que fez Oliveira, se ele se atirou pela janela ou não.

— *Há uma série de pequenos capítulos situados no futuro desse momento. Oliveira volta à rotina de café com leite de sua vida com Gekrepten, os amigos põem compressas nele, cuidam dele. Ao escrever, você pensava que eles eram reais ou imaginados por Oliveira?*

— Quando escrevi o livro, eram reais. A situação poderia ter acontecido com o salto da janela ou sem ele. Há uma outra alternativa: Oliveira pode ter se jogado da janela e não ter morrido.

— *Eu sempre achei que eles eram imaginários, que eram acontecimentos passados na cabeça de Oliveira.*

— É uma bela hipótese, perfeitamente plausível. Na situação em que ele se encontra, não é impossível que tenha começado a delirar e tenha imaginado tudo aquilo.

Digamos que a partir do momento em que Oliveira se deita na janela e surge a última frase – "plaf, acabou" –, a opção fica totalmente aberta, tanto para Oliveira quando para o leitor.

O que eu vi quando estava escrevendo *Amarelinha* – creio que me lembro razoavelmente disso – foi o futuro de um momento, esses fragmentos de que você fala.

Oliveira pode ter se jogado ou não da janela, pode ter se matado ou não, pode ter vivido ou imaginado aqueles momentos futuros, mas seja qual for o caso, é revelado um Oliveira que já está do outro lado, já está além daquele último momento de encontro e de harmonia totais.

— *Eu acho que é importante, para o sentido do livro, esclarecer se ele se mata ou não. Resolver todos os problemas existenciais e metafísicos apresentados ao personagem através da sua morte seria uma saída muito simplista, pois a morte sempre "resolve".*

— De acordo: eu nunca achei que Oliveira tenha se matado.

— *Os problemas continuam e Oliveira, um homem tão fiel às suas buscas, deve continuar suportando-os, como é o caso dos leitores. Nós continuamos suportando.*

— Exatamente.

— *Segundo a minha leitura, ele não se atirou da janela nem ficou louco, como afirmaram os críticos, mas entrou, sim, numa daquelas crises passivas que se seguiam às suas grandes crises ativas. Não devemos nos enganar só porque ele parece resignado à sua mulher e à rotina fria.*

— Claro. Você viu que as respostas de Oliveira são puro humor negro, embora, aparentemente ele esteja carinhoso, feliz, pacificado. Eu também não acredito que tenha se atirado pela janela. Não se jogou, absolutamente. Entrou em uma nova etapa da qual eu só podia revelar aquelas pequenas cenas, já que uma hora o livro tinha que terminar.

Foi uma manifestação da atonia que, como você diz, se seguia às grandes crises.

— *Que voltaram.*

— Quem pode saber o que ele fez quando se levantou da cama depois que lhe puseram as compressas e prepararam um chimarrão para ele?

— *Houve antes, também, com o amigo Traveler, uma fase de relações condescendentes, fáceis, de bairro, digamos.*

— Sim, na parte do circo.

— *E depois ele volta ao ataque até o confronto final, que ao mesmo tempo é tão amistoso.*

— Gostei de chegar – quem sabe como eles chegaram? – a essa espécie de revelação dupla final da existência de uma fraternidade total entre Traveler e Oliveira.

É uma espécie de encontro. Aquelas doces palavras que vão mudando no final, o sentimento de harmonia que Oliveira atinge, farão dele um homem diferente. É evidente.

Na etapa que virá depois, já fora do livro, Oliveira será um homem em outra condição. Aquela noite o levou a romper uma fronteira. Até o quê, para quê? Eu não sabia a resposta. Já não era assunto meu. Eu já não podia segui-lo. Era muito vertiginoso. Sou grato por ter chegado até onde cheguei.

— *Oliveira se resigna?*

— Para mim, não.

— *Para mim tampouco. Mas não é a primeira vez em que parece resignado.*

— Você viu como se deixa expulsar para a Argentina, como volta mansinho.

— *E cada uma das suas queixas é maior que a anterior.*

— Muito maior. Cada vez mais. Ninguém pode ficar tranqüilo com ele.

— *Como no encontro final com Traveler. Você acredita que Oliveira pensava que Traveler tinha de fato a intenção de matá-lo?*

— Escrevendo, eu achava que sim, mas sem nenhuma razão. O que Traveler pode reprovar em Oliveira é que Oliveira, ao beijar Talita no necrotério, estava tentando roubar sua mulher. Um pouco o que já havia acontecido na cena da cantina.

— *E na cena da cantina ela se define: fica com Traveler.*

— Traveler não tem, portanto, nenhum novo motivo para dar um tiro ou uma punhalada em Oliveira. Mas este é, talvez, o lado alucinado de Oliveira: arma as suas defesas contra Traveler, contra todo mundo, e em alguma medida contra ele mesmo. Chegamos então ao diálogo final entre Traveler e Oliveira, tão complicado, tão longo...

— *E tão significativo.*

— É que o final estava ali. É muito curioso. *Mutatis mutandi* e sem querer tentar nenhuma comparação, anos depois, ao revisar uma tradução, reli esse diálogo de Oliveira e Traveler e de cara me lembrei de um outro diálogo, para mim um prodígio da literatura, que é aquele que travam ao final de *O idiota*, de Dostoievski, os personagens Mishkin e Stavroguin. Ele acontece na noite em que Stavroguin mata a menina e leva Mishkin até a casa, e Mishkin percebe que o cadáver está ali, na cama. Há então o encontro final entre os dois, no qual cada um mostra quem é.

Não creio que se trate de uma influência, em absoluto. Creio que se trata de um belo paralelismo.

— *É um diálogo de uma tensão muito grande, que faz reviver a totalidade do romance.*

— Você não imagina em que estado escrevi esse diálogo! Esse e os episódios da morte de Rocamadour, do concerto de Berthe Trepar, os capítulos patéticos do livro.

Quem me viu foi minha mulher. Ela me dava colo, me levava para tomar um pouco de sopa. Eu tinha perdido completamente a noção do tempo. E isso não se devia à influência do álcool ou algo parecido. Eu não bebia, e tomava chimarrão e fumava menos do que agora.

Nesse caso, é possível falar de possessão, essa coisa maravilhosa que a literatura tem. Eu estava totalmente dominado: era Oliveira, era Traveler e era os dois ao mesmo tempo. Comer, tomar uma sopa eram atividades "literárias". A outra coisa – a literatura – era o verdadeiro.

“O romance não tem leis, a não ser a de impedir que a lei da gravidade entre em ação e o livro caia das mãos do leitor.”

V.

— Quais são *as relações entre a realidade real e a realidade fictícia, verbalizada?*

— Eu tenho uma relação bélica com a realidade. É uma espécie de batalha, uma batalha fraternal, porque sou muito "realista", a realidade me apaixona.

Estou muito feliz por estar vivo. Quero viver muito. Sou feliz por ser um homem e não ter sido tocado pelo destino de ser um lagarto ou uma galinha. A sorte de termos nascido homens e não sermos aquela mosca que está passando por ali, a sorte de termos acertado no mais alto grau da grande loteria biológica, são coisas que também fazem parte da literatura fantástica.

— *Então, a sua relação com a realidade...*

— ...é uma relação erótica. Eu faço amor com a realidade. Permita-me uma frase um tanto pedante: a realidade é a minha grande mulher.

— *Você escolhe os seus temas?*

— Os temas me escolhem, caem em cima de mim. De repente, acontece alguma coisa que me leva a escrever.

— *A forma dos temas chega a você já imposta?*

— Não, se você entender por forma conto ou romance, um gênero ou outro.

— *Falo em relação ao tratamento literário do tema.*

— Tampouco. Não escolho. Penso que o tema traz, necessariamente, a sua forma. Mas não gosto de falar de temas. Prefiro falar de blocos. Há de repente um conjunto, um ponto de partida. Fiz muitos dos meus contos sem saber como iriam terminar. Não sabia, por exemplo, o que havia na popa do barco de *Os prêmios*. Isso vale para tudo o que escrevi.

O que mais me interessa é guardar essa espécie de inocência – uma inocência muito pouco inocente, se você quiser, porque, afinal sou um veterano da escrita – como atitude fundamental diante do que vai ser escrito.

Não sei se você já passou por essa experiência, mas há escritores que planejam escrever um livro e são capazes de contá-lo em detalhes em uma conversa de botequim. Está tudo pronto, está tudo planejado, mas quando escrevem o livro geralmente é ruim.

— *O que é, para que servem, quais são os poderes, quais são as deficiências da literatura?*

— Creio que a literatura serve como uma das muitas possibilidades do homem de realizar-se como *homo ludens*. E, em última instância, como homem feliz. A literatura é uma das possibilidades da felicidade humana. Fazer e ler literatura.

Esta biblioteca que você está vendo aqui me deu milhares e milhares de horas de felicidade. Sou feliz quando escrevo e penso que posso dar um pouco de felicidade aos leitores. E quando digo felicidade, não estou me referindo a uma felicidade beata: felicidade pode ser exaltação, amor, cólera... Digamos, potencialização.

— *A sua literatura me deu estas coisas.*

— Essa é uma das coisas que me fazem sentir justificado como escritor. Creio que a literatura é um dos meios que o homem tem para potencializar-se como tal, e aspirar a escalões mais altos.

— *E a linguagem, única ferramenta de que dispõe o escritor? Quais são os seus perigos, quais os seus poderes, qual é a sua missão?*

— Creio que há duas maneiras de entender a linguagem. Uma está na linguagem do tipo livresco, na linguagem pela própria linguagem. Da minha parte, esta não merece nenhum respeito: a linguagem de Gabriel Miró, por exemplo, ou a de muitas coisas de Camilo José Cela. Acho que foi Borges quem disse que a masturbação verbal é uma forma de "desorganizar o dicionário". Quando falo em linguagem masturbatória estou me referindo a uma espécie de serpente que morde o próprio rabo, sem uma autêntica correlação objetiva.

Para mim, a linguagem que conta é aquela que abre janelas na realidade; um ato de estar abrindo permanentemente na parede dos homens aqueles ocos que separam a gente de nós mesmos e dos demais.

— *Falando de* Amarelinha, *você disse que era fácil perceber que a cada dia escrevia "menos bem" e que essa era a sua maneira de procurar um estilo.*

— Sim. Mas, para ser exato, é preciso situar essa frase no contexto desse livro que, entre outras coisas, tentava justamente, como disse antes, demolir a linguagem adocicada e retórica que eu percebia existir em boa parte da literatura latino-americana.

Não é que eu tenha superado totalmente esta etapa. No entanto, depois da experiência de *Amarelinha*, onde escrevi ao revés, destruindo todos os clichês que me vinham às mãos (por exemplo, um sistema de adjetivação muito bonito, que teria entusiasmado muito mais certos leitores, mas que era absolutamente artificial), creio que hoje, com todos os defeitos que possa continuar a ter como escritor, os comandos do meu avião estão realmente em minhas mãos.

As ferramentas que uso para chegar a um determinado fim são as mais adequadas para aquele fim. Há um ajuste verbal com a finalidade expressiva. O grande paradoxo é que esse extremo rigor leva à verdadeira liberdade, nos libera da tirania da linguagem codificada e fossilizada que pretende ser "A Senhora".

— *O que é, para você, o romance como gênero e quais são as suas exigências básicas?*

— É bom que você tenha usado a palavra gênero, porque vou demoli-la. Tenho a impressão de que temos usado nos tempos que correm a palavra "romance" por uma questão de método, justamente por esse racionalismo ocidental. Mas na realidade os produtos, os livros que lemos todos os dias, já têm uma grande plasticidade, uma abertura muito grande para todas as direções. Há romances que são poemas. Há poemas que são romances. Há romances que são colagens. Miguel Barnet escreveu em Cuba um longo texto dizendo mais ou menos que o romance tradicional está morto, que o que tem valor é o romance testemunho. Já se vê... Da minha parte, eu continuo acreditando que o romance é um grande baú, é a possibilidade de expressar uma multiplicidade de conteúdos com uma liberdade enorme. Na realidade, o romance não tem leis, a não ser a de impedir que a lei da gravidade entre em ação e o livro caia das mãos do leitor.

Mas, fora isso, acabou: basta de retórica do romance. Nesse sentido, o romance é um instrumento precioso nas mãos do criador, que dá a ele infinitas possibilidades.

— *Se você permitir, podemos nos internar em* 62 – Modelo para armar, *um romance que produziu mal-entendidos suficientes para justificar o fato de o pai da criatura esclarecer o comportamento do seu filho um tanto quanto rebelde. Qual era a sua intenção com esse livro? O que acredita que conseguiu? O que ficou no caminho entre a cabeça e a máquina de escrever?*

— Vamos voltar um pouco. Há dois textos – "A boneca quebrada" e "Cristal com uma rosa dentro", incluídos em *Último round* – que contêm algumas das chaves necessárias para quem quiser entender a atmosfera especial que cercou, desde o começo, o livro que acabaria sendo chamado de "a regra do jogo de '*62*'".

Eu tenho sido invadido por concatenações instantâneas, vertiginosas, entre coisas heterogêneas que entram no campo dos meus sentidos. E isso acontece sempre em momentos de distração.

É um estado que a psicologia, a meu ver, ainda não estudou suficientemente. Ele parece revelar uma insatisfação diante da realidade circundante e, ao mesmo tempo, uma espécie de abertura repentina para outras coisas.

De repente, acontece uma seqüência de coisas heterogêneas que parece uma demonstração de uma coisa nova que não tem nenhuma relação com a soma das partes.

Pense em Lautréamont. Quando ele amontoou, metaforicamente, uma máquina de costurar, um guarda-chuva e uma mesa de operação e sentiu que desse "encontro fortuito" surgia um sentimento de beleza inexplicável, não fez mais do que expressar uma abertura para uma coisa que, à primeira vista, não era possível justificar pela mera presença de componentes tão prosaicamente selecionados.

Mas se o sujeito é sensível a tais demonstrações parapsicológicas, se não as descarta como meras fantasias da distração, o acatamento desse clima receptivo facilita cada vez mais a sua repetição sob circunstâncias e com elementos diferentes.

Produz-se algo assim como um ciclo em que essas bruscas coagulações, que a razão é incapaz de entender, passam a se repetir com freqüência crescente.

O ciclo se fecha para reiniciar-se, ou não, mais adiante. No meu caso, durante semanas ou meses, fico permeável a essas insinuações que me projetam até outra dimensão do real, que me arrancam do cotidiano.

— *Ao qual tem que regressar, inevitavelmente.*

— Desgraçadamente. Continuo convencido de que a mente humana, assim como a totalidade da pessoa humana, está na pré-história, em um elo inferior às suas possibilidades.

Essas demonstrações não deixam de ser um fulgurante bater de asas, efêmero, algo assim como se me abrissem repentinamente, em uma parede totalmente coberta, uma janela instantânea, um olho que pisca e volta a se fechar. Vejo a janela durante uma mínima fração de tempo, mas não chego a distinguir o que ela revela mais além. No próprio momento em que a janela me é revelada, o momento privilegiado cessa, o olho se fecha, a superfície de ladrilhos recupera a sua negação, tudo volta à normalidade até o próximo bater de asas dias ou semanas depois, sempre precário e sempre decepcionante.

— *Decepção que não o impede de continuar esperando pelo próximo.*

— É que há algo em mim profundamente otimista, e essa decepção – irritante, se você quiser – repetida ao longo de toda uma vida não me impede de buscar, de favorecer, de esperar a cada instante a repetição de uma abertura que tomara que algum dia – provavelmente para outros homens mais poderosos, mais abertos a eles mesmos, à realidade possível e conquistável – venha a se traduzir em um avanço capital até novos planos psíquicos e físicos.

— *Vemos isso em sua literatura.*

— Como sou um escritor, é natural que a minha reação e a minha esperança se manifestem no plano da escrita. Em parte, porque esta é uma maneira de fixar melhor as circunstâncias e as condições desta paravisão de que falo – favorecendo, talvez, uma repetição mais fecunda –, e também porque o relato de minha própria experiência pode ser útil a outros, para que eles fixem a sua atenção nessas desatenções. Para que, paradoxalmente, concentrem a sua capacidade de distração; para despertar uma permeabilidade que a inteligência racional, a vida diária e suas rotinas bloqueiam, implacavelmente.

"A boneca quebrada" conta complementarmente como, assim que comecei a escrever *62*, minhas leituras paralelas, feitas sempre ao acaso e cedendo aos caprichos do momento, foram me mostrando fragmentos, versos, imagens que não apenas coincidiam com o que eu estava tratando de fixar no romance mas faziam mais, eram a própria tentativa em si mesma. Assim, no nível profissional do trabalho de escrever, foram surgindo elementos que apontavam para um empreendimento totalmente ocasional, incentivando-me a dar prosseguimento a um livro que muitas vezes estive a ponto de abandonar porque a regra do jogo que eu mesmo me havia imposto anos atrás, o capítulo 62 de *Amarelinha*, chegava a parecer-me inexeqüível.

— *O que o animou a prosseguir?*

— Alguns livros destinados a fins muito diferentes: mesmo já mortos ou distantes, homens como Aragon, Felisberto Hernández, Rimbaud, Gaston Bachelard e Merleau-Ponty colocavam uma mão em meu ombro e me empurravam para frente.

E assim esses estados anômalos (anômalos para o nosso tempo imperfeito) e a presença desses incentivos dados ao azar pelas leituras foram o "nascimento e paixão" deste livro sobre o qual você me interroga.

A vontade de escrever *62* nasceu desses climas, apontados já primariamente no capítulo de *Amarelinha* que lhe deu nome. Nele, há referências a uma possível novela na qual um grupo ligado por amor e amizade forma uma espécie de constelação, de superindividualidade, na qual os atos que cada um de seus componentes acreditam ser produto de seu livre-arbítrio nascem de uma série de interações voluntárias ou involuntárias que deflagram reações limitadas ou em cadeia, juntam ou separam destinos.

Em algum momento do livro, um personagem diz que Sartre está louco, que nós não somos tanto a soma dos nossos atos como a dos atos alheios. É claro que isso era uma *boutade*, um exagero.

— *Você continua acreditando na responsabilidade?*

— Sim, claro, claro. Trata-se de imaginar a sobreposição – sobre a responsabilidade individual – de uma série de subterfúgios dos quais nós somos conscientes e que fazem, por exemplo, com que você e eu estejamos conversando agora..

Você veio me ver por uma série de decisões que considera suas, e eu concordei em recebê-lo por uma série de decisões que considero minhas.

Mas valeria a pena investigar – esta é a hipótese – em que medida estamos conversando aqui por decisão própria ou por diversas ações e interferências de outras cinco ou seis pessoas. Não estou me referindo a pessoas que, por qualquer razão, pudessem estar interessadas em que nós nos encontrássemos. Refiro-me a coisas menos verificáveis.

— *Menos casuais.*

— Menos casuais. Ou que se movimentam em outro tipo de casualidade.

O resultado é que, para o leitor desprevenido, *62* acabou sendo um pouco desconcertante. Ainda que fosse bastante óbvio que, antes de ler meu romance, o leitor tivesse que ter relido o capítulo 62 de *Amarelinha*, o que lhe tomaria uns dois minutos, pois ele é muito curto. Mas duvido que muitos leitores tenham feito isso. Quem fez, se preparou bem para ler *62*.

— *Há uma coisa que eu gostaria de precisar sobre tudo isso que você está dizendo. Você acaba de citar como antecedentes, inclusive como chaves de* 62, *o capítulo 62 de* Amarelinha *e textos de* Último round *e "Cristal com uma rosa dentro". Tenho, no entanto, a impressão de que esses antecedentes podem ser rastreados muito antes: nos monólogos de Pérsio, em* Os prêmios, *nisso que você depois chama de "as figuras", onde o nosso destino individual é a parte ignorada – como as estrelas de uma constelação – de um conjunto maior, cujas relações internas escapam aos nexos da causalidade, mais ou menos ingênuos, consagrados por nossa razão. O que você acha?*

— É correto. Pérsio, efetivamente, estabelece isso que você menciona através de uma espécie de operação na qual havia, sobretudo no começo, muita brincadeira. Depois, caindo em sua própria armadilha, ele se transforma no personagem mais sério do livro. Se você, para fazer um teste, reler os monólogos de Pérsio consecutivamente, acabará verificando que à medida que vai avançando neles há um aprofundamento, uma espécie de autoconquista de seus solilóquios.

— *Vou fazer isso.*

— Eu já fiz uma vez. Fiz para divertir-me e, além disso, por ter que passar pelo aborrecimento de revisar uma tradução de *Os prêmios*. Li os monólogos de Pérsio soltos e, efetivamente, eles compõem uma espécie de obra à parte.

É absolutamente correto isso que você me diz. A primeira noção de estrutura, de figura, aparece ali, na metáfora do quadro de Picasso que pertenceu a Apollinaire – eu o uso como uma espécie de muletinha verbal. Pérsio assume, em sua imaginação, o ponto de vista de uma gaivota que sobrevoa o barco e vê que ele tem a forma de uma guitarra, a do quadro de Picasso. Vê a estrutura total do barco.

Isso expressa claramente a ambição daqueles monólogos: a de tentar ver a ação em curso não como um conjunto de problemas psicológicos individuais, e sim como uma espécie de geometria total.

Você tem razão: há ali um esboço de *62*, ainda que eu não o tivesse desenvolvido nesse livro. Você sabe muito bem que *Os prêmios* é um livro muito psicológico. Era a psicologia dos personagens que me interessava naquela época.

— *E o centro temático era outro, não é verdade? O mistério da popa, como chegar à popa. Era isto que preocupava você mais do que tudo nesse livro?*

— Claro. Sabe por quê? O segredo é muito simples. Pode parecer ridículo, mas não tenho por que ocultá-lo: eu era o primeiro a desconhecer o que havia na popa. Aliás, nunca soube. Além disso, para dizer a verdade, parece que não havia nada, salvo o fato de a morte estar esperando ali pelo melhor dos personagens.

— *Mas estamos falando de* 62. *Tudo isso veio porque...*

— Sim, continuando com o que eu dizia... É correto apontar, como você faz, a existência de uma espécie de recorrência em *Os prêmios* e *62*. E já que entramos neste caminho – você está me ajudando a conhecer melhor a mim mesmo: esta era a função maiêutica de Sócrates, não é?

— *Salvando as distâncias, não?*

— Lembrei-me agora de "Bestiário", o conto que dá título ao meu primeiro livro de contos. Há nele, justamente, um momento – isso me ocorre agora –, em que Isabel, a menina, se levanta de noite para olhar o formigueiro onde colocara formigas. Ela queria ver como elas construíam os seus túneis e ela olha para aquilo... Creio que, no fundo, já havia ali uma espécie de sistema aparentemente cego, os movimentos, o traçado feito pelas formigas... Há um certo desejo de criar estruturas. Posso ou não estar equivocado, mas...

— *Sim, lembro da cena, mas agora sou eu quem confessa que não havia pensado nisso.*

— Em todo caso, não fiz isso conscientemente. Mas são tão poucas as coisas que fiz conscientemente na vida.

— *Você estava me dizendo que ao escolher a regra do jogo em* 62 *se meteu em uma camisa de onze varas.*

— Sim. Escrever a novela a partir da noção da qual falávamos significava renunciar àquela facilidade psicológica que, de uma maneira ou outra, costuma reger a conduta dos personagens das novelas do nosso tempo.

Eu não tinha nenhum interesse em me converter em um autor-demiurgo, aquele que decide o destino dos jogos. Mesmo substituindo a psicologia individual dos personagens por um jogo de interações que eles ignoravam, eu teria podido manejá-los a meu gosto.

A lei do jogo consistiu, então, em delinear uma situação geral, apresentá-la como hipótese de trabalho e assistir, a partir do interior do próprio desenvolvimento do relato, aos efeitos, concatenações, saltos inesperados de cada personagem do livro.

Como você deve lembrar, eu disse em "A boneca quebrada" que escrevi toda a primeira parte de *62* sem ter a menor idéia de que Nicole se entregaria a Austin para libertar Marrast. Não sabia, também, que, nas páginas finais, Austin assassinaria Hélene em um ato que ele deve ter considerado voluntário mas que era o resultado de diferentes seqüências alheias à intervenção purificadora do matador.

Quando é revelada assim, essa técnica literária pode parecer perigosamente gratuita ou arbitrária. No entanto, basta reler, como eu dizia, a hipótese de trabalho esboçada por Morelli em *Amarelinha* para convir que era a única que podia dar algum resultado.

Era necessário que de algum modo o autor fizesse parte da constelação, também estivesse submetido às interações que a sua mão ia desatando ao longo do relato e que o obrigavam a descobrir, bruscamente, situações e episódios que jamais lhe teriam ocorrido de uma outra perspectiva, mais "realista".

— *A "cidade" de* 62 *é uma convenção narrativa, como entenderam alguns críticos, ou uma coisa que também estava dando voltas em sua cabeça?*

— Os críticos que viram na "cidade" uma convenção novelesca destinada a facilitar as passagens, as recorrências e o cumprimento de leis fora do tempo e do espaço usuais estavam equivocados.

Acredite ou não, essa cidade existe em mim, e à sua maneira. Comecei a sonhar com ela e a conhecê-la paulatinamente, como descrevo em *62*, há muitos anos. Guardo, entre meus papéis, um plano da cidade, ao qual fui agregando, à medida que meus sonhos iam me internando nela, detalhes, praças, o canal do norte.

Repasse o poema que está na página 32 do livro: ele é a síntese de meus sonhos com a cidade, da recorrência abominável de um caminhar até um compromisso jamais cumprido, de incontáveis torpezas em um hotel de quartos vazios.

Quando me ocorreu o episódio no restaurante Polidor, a "cidade" se incorporou por direito próprio à aglomeração de elementos que me impulsionavam a tentar a novela e, como muito do que tenho escrito na minha vida tem sido sempre uma espécie de exorcismo, cheguei a esperar que o livro me libertaria, finalmente, do pesadelo da "cidade".

— *Não foi assim?*

— Não foi assim. Há pouco estive novamente nela. Vi a rua das calçadas altas, o brilho distante do canal do norte. Agora sei que a "cidade" continuará sempre em mim e que se Hélene chegou, finalmente, ao seu compromisso, o meu também está agarrado a um desenlace. Só a minha morte acabará algum dia com a "cidade".

— *Você não concorda que* 62 *ficou um pouco comportado, muito geométrico?*

— É possível. O fato de ter pretendido demonstrar demasiadamente a teoria de um bilhar humano talvez tenha ressecado um pouco o livro, tenha dado a ele um tom geométrico que eu não queria.

Nesse sentido – para me prevenir por antecipação – direi que, em *62*, como você recordará, ao lado dos recursos mais ou menos fatais, que vão tecendo um par de destinos, há tempos de espera, de respiração, onde entra o humor.

Aqueles episódios vividos pelos meus compatriotas, a história do naufrágio, todas as confusões de Londres, onde o humor entra sem ter nada a ver com o romance, eram uma tentativa de fazer tudo o que fosse possível para evitar que a explanação fosse excessivamente geométrica e com isso o livro se convertesse num desses romances do *nouveau roman*, aquela coisa da Nathalie Sarraute e seus tropismos. O que ela fez é formidável, mas já foi feito. E não era o caso de fazê-lo de novo. Eu queria fazer um livro como sempre faço etc. Agora, do dito ao feito...

— *Há um crítico, creio que é Héctor Schmucler, que diz que você organizou o livro, deliberadamente, através de um mecanismo baseado puramente no textual, a partir do* château saignant *pedido pelo comensal gordo no restaurante Polidor. Creio que muito do que você me disse desmente esta interpretação.*

— Mas o caso do *château* aconteceu comigo! Por isso, fico um pouco enojado com essas tentativas de ver em *62* um mecanismo baseado exclusivamente no textual.

Uma série de inversões óticas e acústicas que senti durante a leitura casual de um livro de Michel Butor me submeteram a uma dura sacudida mental, que alinhou em minha memória o nome de Chateaubriand à palavra *château* etc. Foi isso que me deu o trampolim do qual saltaria a "terra incógnita" que seria para mim o destino de Hélene e dos outros personagens da novela.

Conceitos como a "linguagem enquanto linguagem" e o "texto como engendrador de seu próprio desenvolvimento" não desempenharam, absolutamente, nenhum papel em *62*. Diante da Remington, o verbal fez a sua parte. É aí que análises como a de Schmucler conseguem ver "leis escriturais". Talvez elas possam ser aplicadas a mim, mas eu não as conheço e nem as utilizo conscientemente.

— *Então, não há nenhum critério estruturalista?*

— Olhe, se há alguém que não sabe nada de estruturalismo, sou eu. Estou procurando, justamente, quem possa me explicar o que é o estruturalismo. Eu não tenho tempo. Gostaria muito, por exemplo, de freqüentar um curso de Roland Barthes, mas não posso.

— *Apesar de tudo o que me disse de 62, talvez não seja um exagero eu mencionar alguns golpes disparados pela crítica contra a novela. Foi dito que nela o "literário ganhou a partida do real", a "descrição venceu a reflexão", que Cortázar "fez uma muralha de seus próprios mitos, atrás da qual, talvez, vislumbre uma realidade da qual está afastado". O que você tem a dizer?*

— Conheço muito bem tudo isso. O meu amigo Julio Huasi, a quem conheci há alguns anos em Santiago do Chile, não apenas diz na revista *Punto Final* coisas como estas mas também uma outra coisa muito equivocada: me acusou de *snob*; disse que o meu livro havia sido feito para agradar a um público esnobe.

O livro – e não tenho necessidade de dizer isso – não teve a menor intenção de ser esnobe. Creio que houve e há muitos mal-entendidos a respeito de *62*. As árvores impediram a visão do bosque.

Não são poucos os críticos que parecem convencidos de que o livro é, fundamentalmente, um exercício de texto. Mas eu já disse a você que *62* partiu de experiências minhas, vitais, tão autênticas como aquelas que deram origem aos meus outros livros.

No entanto, também é certo que eu queria ver como funcionaria, se de fato era realizável a hipótese de trabalho que eu vislumbrara quando estava escrevendo *Amarelinha* e que ficou limitada nele àquelas notinhas chamadas de *morellianas* e que continuavam a me perseguir. Foi uma aposta comigo mesmo.

A regra do jogo – já a analisamos – era muito severa. E isso, sem dúvida, despoja o livro de alguns elementos que o leitor gosta de encontrar nos livros: o desenvolvimento profundo da psicologia dos personagens, viver a narração da maneira mais hipnotizante possível, toda essa linha.

O meu desejo era outro: ver como num grupo de pessoas a idéia que todos temos da liberdade pode não ser tão simples como habitualmente se acredita.

Observe você que também na pergunta que me faz sobre as críticas aparece mais uma vez a palavra maldita: a palavra realidade. Alguns críticos vêem em *62* um dar de costas ao que eles entendem por realidade. Sim, mas o que eles entendem?... Enfim, não vamos começar de novo. Em todo caso, minha noção de realidade é outra.

VI.

"Se pudesse escolher entre música e literatura, escolheria a música; se lamento alguma coisa, é não ter sido músico."

— Um crítico *escreveu que "homem-literatura-música" parecem formar em você uma trindade de tal maneira ligada que é difícil imaginar uma dissociação de qualquer desses elementos. Eu gostaria de saber sobre a importância da música em seu dia-a-dia e em sua obra.*

— Eu disse, certa vez – e sempre acham que foi uma *boutade* mas não foi –, que se pudesse escolher entre a música e literatura, escolheria a música; se lamento alguma coisa, é não ter sido músico. Teria sido mais feliz do que sendo escritor. Tenho a nostalgia da música, mas não sou dotado para ela, salvo como ouvinte, como aficcionado. Não tenho capacidade musical criativa.

Como ouvinte de música, sou um melômano. E se me fizessem aquela pergunta da ilha deserta – creio que disse isso em uma entrevista recente a Jacques Chesnel –, entre levar discos e livros, levaria discos. Já se vê que para um escritor esta afirmação é, digamos, um pouco violenta, e que sai um pouco fora do comum.

— *Há também a presença permanente da música no que você escreve.*

— Em muito do que escrevi. Em *Amarelinha*, podem ser encontradas muitas referências ao jazz; no final do conto "Reunião", há aquele quarteto de Mozart ouvido por Che Guevara. Menciono obras musicais em vários contos.

Mas há outro aspecto que para mim é muito mais importante: é o contato que há entre os elementos musicais e a literatura como linguagem.

Desde criança, quando lia os novelões de capa e espada ou aquelas novelas róseas da época, as frases que ficavam na minha imaginação e que adquiriam para mim um sentido profundíssimo e um valor enorme eram sempre as frases que tinham muito ritmo, que eram, voluntária ou involuntariamente, quase como um verso enfiado na prosa. Frases que tinham encontros de palavras, aliterações, choques de vogais e consoantes que lhes davam um valor rítmico e, conseqüentemente, um elemento musical, já que o ritmo é uma das bases, um dos elementos essenciais da música.

Quando comecei a escrever, a noção de ritmo se instalou em mim paralelamente à escrita. No começo, talvez como imitação, pois eu estava obcecado por tudo o que havia lido e pela memória daqueles ritmos.

Se você reler os meus primeiros contos – "Bestiário", por exemplo – verá que o último parágrafo de todos os relatos, o que os define, ali onde está em geral a surpresa final do fantástico, enfim, o desenlace (seja brutal ou patético), é sempre armado sobre um esquema rítmico inflexível. A colocação das vírgulas, o encontro do substantivo com o adjetivo, as quedas da frase até o ponto final acontecem, *mutatis mutandi*, em uma partitura musical.

— *É como uma forma de respiração do texto.*

— Exatamente: uma forma de respiração rítmica. Este é, justamente, um problema prático que se apresenta aos tradutores dos meus contos. Nos desfechos, a questão do ritmo pode ser detectada mais facilmente, mas ela também pode ser encontrada no interior dos relatos.

Quando tenho que revisar uma tradução e ajudar o tradutor, sempre chamo a sua atenção para certos balanços rítmicos que precisam de um cuidado especial. É necessário encontrar o seu equivalente em francês, inglês ou italiano, os três idiomas que posso acompanhar. Quem traduz para outras línguas tem que se virar sozinho. Não sei o que acontece.

Mesmo que a idéia, a informação esteja perfeitamente traduzida, se ela não tem *swing*, se não tem aquele movimento pendular que faz a beleza do jazz, perde para mim toda a eficiência. Morre.

— *Morelli dá muita importância ao* swing *em* Amarelinha.

— Sim, ele faz uma referência concreta a isso. E acho que em *A volta ao dia em oitenta mundos*, no capítulo onde se fala de estilo e de Nestor Sánchez, também digo algo sobre o *swing*.

Isso se relaciona muito com a idéia que tenho sobre o conto, sobre a tensão do conto. Um conto cujo discurso não tenha uma determinada tensão não é para mim um bom conto. E a tensão é uma característica musical.

Você não pode conceber, por exemplo, que em um quarteto de Mozart o ritmo se quebre de repente e seja substituído pelo silêncio. Iria tudo para o inferno. A prova do que digo é que qualquer interrupção mecânica do rádio ou de um disco que faça você perder uns pedacinhos de um compasso poderá quebrar você em pedaços.

A tensão do ouvinte é paralela à da obra que está ouvindo. Acho que com o texto acontece exatamente a mesma coisa. .

— *Há exemplos disso em sua literatura?*

— Sim, no conto "Continuidade dos parques", o mais curto que escrevi. Creio que, com sua página e meia, é um dos mais curtos da literatura universal.

Você perceberá que nele o problema do ritmo e da tensão é capital. E eu, que nunca escrevo duas vezes um conto, reescrevi este quinze vezes, e mesmo assim não estou satisfeito. Creio que faltam elementos de ritmo e de tensão para que se torne minuciosamente perfeito.

Se você reler o conto, verá que a última frase é muito longa. Ela arqueja através de uma série de vírgulas, e este arquejar não é interrompido até o final. Há interrupções ortográficas, mas não há uma interrupção anímica, não há uma interrupção da tensão. O ritmo vai aumentando, acelerando-se, torna-se cada vez mais angustiante como em certos pesadelos, e só é cortado no final.

— *Quando você fala da música e da importância dela em sua obra, parece falar principalmente de jazz. Como foi o seu encontro com o jazz?*

— Direi a você o que disse há pouco a Jacques Chesnel. Quando eu era muito jovem, tinha uns quinze anos, o jazz chegou à Argentina naqueles discos de 78 rotações que tocavam nas rádios e foi assim que, em meio à nossa música folclórica e sobretudo ao tango, escorregou um certo Jelly Roll Morton, depois Louis Armstrong e a grande revolução de Duke Ellington.

Estou falando dos anos que vão de 27 a 29, da primeira grande época destes intérpretes. Ou seja: descobri o jazz em seu nível mais alto. Foi a revelação de uma música completamente diferente da nossa.

— *Qual é a importância do jazz?*

— Creio que na maneira pela qual pode sair de si mesmo sem nunca deixar de ser jazz. Como uma árvore que abre seus galhos à direita, à esquerda, para cima, para baixo, permitindo todos os estilos, oferecendo todas as possibilidades, cada qual buscando o seu caminho. Desse ponto de vista, está provada a riqueza infinita do jazz: a riqueza da criação espontânea, total.

Mas além disso, quando comecei a escutar jazz, descobri algo que desconhecia porque não era nada forte em teoria musical. Ao contrário do que acontece na música chamada clássica – expressão que detesto sem conseguir encontrar uma melhor –, na qual há uma partitura e um executante que a interpreta com mais ou menos talento, no jazz cada músico cria a sua obra a partir de um esboço, de um tema ou de alguns acordes fundamentais: ou seja, não há um intermediário, não existe a mediação de um intérprete.

Digo – e não sei se isso já foi dito – que o jazz é, ao lado da música da Índia, a música de todas as músicas. Ele atende à grande ambição do surrealismo na literatura, quer dizer, a escrita automática, a inspiração total, papel desempenhado no jazz pela improvisação, uma criação que não está submetida a um discurso lógico e preestabelecido, mas nasce sim das profundezas. Creio que isso permite estabelecer um paralelo entre o surrealismo e o jazz.

Como fui muito marcado pelo surrealismo em minha juventude e isso coincidiu com a descoberta do jazz, esta relação para mim sempre foi muito natural.

— *Não é curioso que o protagonista de um de seus melhores relatos – Johnny, de "O perseguidor" – seja visivelmente inspirado em um grande nome do jazz, Charlie Parker? Como você concebeu este personagem?*

— Como estava dizendo antes, em resposta a uma pergunta sua, nem Johnny de "O perseguidor" nem Oliveira de *Amarelinha* têm nada de especialmente genial. Na verdade, são bastante medíocres, com recursos limitados, mas os dois possuem (se quiser, "O perseguidor" é um prelúdio de *Amarelinha*) a ansiedade, a angústia da procura metafísica. Querem explodir as portas para ir mais além.

Quando esbocei *Amarelinha* e imaginava o personagem central, tinha a tendência de cair naquilo que dizíamos do Thomas Mann de *A montanha mágica* ou do *Doutor Fausto*: queria criar personagens superintelectuais que especulassem com muita inteligência sobre certos problemas metafísicos.

Decidi então seguir o caminho inverso, construir um personagem assimilável ao homem da rua, um homem médio que tivesse a sede do absoluto. Imaginava um pintor, um escritor, mas eles acabavam não me convencendo. Naquele momento, eu acabara de descobrir o verdadeiro Charlie Parker, cujos primeiros discos de 78 rotações havia ouvido na Argentina.

Naquela época, eu era odiado pelos aficcionados do jazz tradicional porque gostava muito de Charlie Parker. Quando deixei a Argentina e vim para Paris, em 1951, sabia pouco ou nada sobre ele.

Um dia, lendo uma edição da revista francesa *Jazz Hot*, soube da sua morte. Li sua biografia e encontrei um homem angustiado ao longo de toda a vida. Essa angústia não era provocada apenas por problemas materiais – o da droga, por exemplo –, mas por uma coisa que eu, de alguma maneira, havia sentido em sua música: o desejo de romper as barreiras como se procurasse uma outra coisa, como se quisesse passar para o "outro lado". E então disse a mim mesmo: "Este é o meu personagem."

Não podia usar o seu nome: não tinha direito. Dei apenas uma piscadela aos leitores na dedicatória. Mudei o seu nome, mas uma boa parte dos episódios vividos por Johnny Carter ocorreu de fato com Charlie Parker: a história do Café de Flore, quando se ajoelha diante da mesa. Ou o fato de ter incendiado o hotel onde vivia, embora isso tenha acontecido em Nova York e não em Paris.

Peguei portanto os dados biográficos e situei-os em Paris, porque a conhecia melhor do que Nova York e consegui fazer o meu relato caminhar.

— *Para Johnny/Charlie, a música, o jazz, é, concretamente, um instrumento de busca de uma outra realidade. Por quê?*

— Jean-Paul Sartre disse, curiosamente, em uma entrevista publicada há pouco no *Le Monde*, que a música não pode passar informações do tipo inteligível ou do tipo discursivo, mas em compensação pode comunicar coisas que nenhuma linguagem, nenhum texto é capaz de comunicar. E se refere aos sentidos – não apenas à comunicação do prazer ou de estados de ânimo; fala da comunicação de certas dimensões da realidade. Estou totalmente de acordo.

— *E Johnny é baseado nisso.*

— E como! Ali também está presente, de uma maneira muito concreta, a minha nostalgia da música de jazz. Como eu dizia, se há alguma coisa que eu teria gostado de fazer era ser um músico suficientemente competente para dominar a técnica de um instrumento de jazz e poder improvisar como um Charlie Parker.

— *Você tocou trompete, não é?*

— Sim, mas mal.

— *E saxofone.*

— Mal, também. A vida nunca me deixou avançar por esse caminho. Bem... Talvez eu esteja dizendo uma coisa pouco autêntica porque se realmente tivesse querido e podido avançar por esse caminho eu o teria feito.

Acontece que não tenho talento. Se alguém começar a estudar um instrumento no mesmo dia que eu, em dez dias estará à minha frente. Fico logo para trás. Então, achei um pouco absurdo insistir em um caminho que, evidentemente, não era o meu.

Melhor escutar os que tocam bem, e continuar escrevendo. Mas é uma nostalgia permanente para mim, e Johnny, de alguma maneira, dá conta dela.

— *A propósito da música e dessas aberturas para o fantástico que acontecem em seu dia-a-dia, você declarou em algum lugar que "viu" os seus célebres cronópios pela primeira vez quando estava em um concerto. Como isso aconteceu?*

— Sim, eu os vi em uma noite de 1951. Acabara de chegar à França. Fui ao Théâtre des Champs Elysées assistir a um concerto de obras de Stravinski regido por ele. Jean Cocteau recitava *Édipo rei*. Eu estava absolutamente transportado pela música. Sou um grande stravinskiano. Além de tudo, havia a emoção de ver pessoas que me marcaram, como Cocteau, na literatura, e Stravinski, na música.

Durante o intervalo, fiquei sozinho na parte mais alta do teatro, a sala estava vazia e, em um dado momento, a influência da música desceu sobre mim. E aí *VI* esses personagens que não poderia definir, mas *ELES* estavam *ALI*. E se chamavam cronópios.

Esta é mais uma prova, entre tantas outras, de que a música me ajuda a entrar em um *état second*, como dizem os franceses, e me faz "passar". Acontece muitas vezes comigo de estar ouvindo discos de jazz ou de Mozart e parar a vitrola para ir à máquina de escrever por causa de uma passagem que me atira sobre o texto. Mesmo que o que escreva não tenha nada a ver com o tema da música, sou levado a escrever pelo que acabei de ouvir.

— *E o tango? Você pode ser considerado um desertor do tango?*

— Absolutamente.

— *Lembro de um de seus personagens de que mais gosto, Celina, de "As portas do céu". É o tango que a coloca em contato com o outro lado das coisas, que lhe permite escapar do tempo. Não é assim?*

— É assim, sim. Estou completamente de acordo. Pode-se imaginar o que para mim representa o tango como expressão de

Buenos Aires, do lado bom e mau dos argentinos. Mas se você olhar criticamente para o tango como expressão de um povo, e sobretudo de uma cidade, o resultado não é nem de longe positivo. Ele tem muito das nossas frustrações, dos nossos tabus, dos nossos complexos. Não há praticamente nada de bom no tango – tudo é ruim, ou, em todo caso, tudo é triste, desesperançado.

Mas, claro, há um milagre. Apesar de todos estes elementos negativos, há uma espécie de solução de beleza na música, em muitas das letras e nas vozes que o cantam, como as de Carlos Gardel e de Susana Rinaldi. Falo de uma espécie de alquimia que faz com que uma coisa bastante torpe consiga sair, dar a volta e ingressar em um caminho de grande beleza. Isso me parece extraordinário.

Contudo, o mundo do tango é pequeno e limitado, assim como Buenos Aires é uma cidade pequena e limitada em relação ao resto do mundo. Os limites do tango são evidentes: ele é musicalmente pobre, não dá liberdade à improvisação, não permite que os intérpretes procurem coisas novas, a não ser de uma maneira muito limitada. O tango é, definitivamente, rotineiro. Daí o mérito daqueles poucos – como Gato Barbieri – que procuram, através de experiências, tirá-lo dos moldes, tentam coisas novas.

Sei que este é um tema polêmico. O argentino médio acha que o tango só pode ser concebido enquanto tango. Não lhe agradam aventuras estéticas que o tirem da rota, da sua filiação. Mas eu vejo que Gato Barbieri cria maravilhosamente quando toca temas como "El día que me quieras". O tango continua ali, eu o ouço como se estivesse ouvindo Gardel cantar, com o fato adicional de que Gato faz uma música diferente, à qual incorpora a sua própria criação.

Repito que o tango é muito monótono. Ele parte de uma determinada fórmula orquestral e quase não permite diferenças de interpretação, salvo quando se trata do bandoneón, instrumento com o qual alguns músicos (estou pensando em Aníbal Troillo, é claro) se permitem variações e fazem improvisações muito bonitas, ainda que sempre limitadas pelo esquema rígido da fórmula.

A grande maravilha do jazz é que, ao contrário do tango, ele nasce de uma noção de liberdade e não de sujeição. Por isso, o caminho do jazz é infinitamente mais rico e mais variado. Ele não se esgotou até este momento em que estamos conversando.

— *Da música à pintura. Que importância a pintura tem para você? Que influência ela pode ter tido em sua literatura?*

— A pintura é uma das grandes experiências européias que a América Latina, e concretamente a Argentina, jamais puderam me dar.

Um indivíduo que chegue à Europa – e, muito especialmente, à França, Inglaterra e Alemanha – com olhos dispostos a olhar de fato, acaba acumulando uma soma tão extraordinária de visão pictórica que isso acaba incidindo naturalmente sobre o seu trabalho criativo.

Sei que a pintura influenciou meu trabalho de escritor. A grande maravilha dos ritmos de Paul Klee, de certos ritmos de Picasso ou Matisse, influenciaram, sem dúvida, a minha maneira de escrever, ainda que eu não pense nisso ao escrever.

Depois de ter visto a pintura de Klee, você não pode, ao escrever, cometer ou recorrer a certos tipos de torpeza, a um certo tipo de caldo literário, porque absorveu através dos olhos, visualmente, algo que já faz parte de um determinado conteúdo literário.

O exercício rítmico como fator de equilíbrio de uma linguagem – seja no plano visual, auditivo ou sintático – é equivalente ou intercambiável. A noção de ritmo é sempre a mesma.

— *É possível rastrear essa influência depois?*

— Nunca fiz isso, concretamente. Plasticamente, meus livros são extremamente pobres; pobres particularmente no plano da descrição, que é o que poderia conter elementos plásticos.

— *Você geralmente resolve a descrição com dois traços, mais para dar uma atmosfera do que para detalhar um contexto físico.*

— Descrever é uma coisa que me aborrece muito. Fico com a impressão de que as coisas podem ser muito melhores quando são imaginadas por cada leitor a partir da ação dos personagens. Por exemplo, poucas vezes me dou ao trabalho de descrever o rosto de um personagem.

— *Que alguém o coloque.*

— Sim, mas atenção: o leitor coloca o rosto no personagem, mas se o escritor é bom ele permitirá – através da apresentação do personagem, de seus gestos, de sua maneira de falar – que os elementos deste rosto não variem muito de um leitor para outro.

Creio que o rosto de um personagem feminino – a Maga, digamos – não pode ser muito diferente na visão dos leitores. Há toda uma caracterização, uma conduta, certas palavras, uma voz, elementos que lhe dão uma fisionomia. Alguém pode achar que ela é mais alta ou mais baixa, mais loura ou mais morena, tem esta ou aquela cor de olhos, mas estes são detalhes mais ou menos secundários. Não acredito que eles possam modificar uma espécie de fisionomia central.

Se é possível chegar a esse resultado através da vida do personagem, para que se aborrecer em fazer como faziam os escritores do passado: "Entrou fulaninho, de estatura mediana, a cabeça coroada por belos cabelos etc."? Eu considero isso absolutamente inútil.

Digamos que não há uma presença plástica direta em meus livros. No entanto, está presente neles essa espécie de lição de economia dada pela grande pintura. Você pode encontrá-la em um quadro de Tintoretto ou em uma escultura de Henry Moore. São ocasiões em que você se vê diante de uma coisa que atingiu uma intensidade máxima através da eliminação de tudo o que é secundário ou inútil.

Vou repetir: só pude ter contato com esse espetáculo estético vindo para a Europa.

— *O fato de estar há tantos anos na Europa deixa você numa posição muito confortável para responder a uma pergunta que quero lhe fazer sobre a importância da literatura latino-americana quando vista de fora. Muitos escritores que entrevistei de Atenas a Lisboa, de Veneza a Paris, a consideram a melhor de todas as literaturas. Fernando*

Namora, em Portugal, compara, por força da sua influência, a literatura latino-americana de hoje à norte-americana produzida entre as duas grandes guerras. Vassilis Vassilikos me disse na Grécia que ela é a literatura que mais lhe importa, ao lado da russa do século XIX. Max Gallo se declara pouco menos do que maravilhado. Como você explica tudo isso?

— A reação de espanto dos leitores franceses – com os quais falo a todo o momento – diante da qualidade da literatura latino-americana é praticamente unânime. Tentei saber por que e acredito que posso, ao menos, esboçar uma resposta para a sua pergunta.

A literatura européia mostra os mesmos sinais de fadiga da história do continente. Já a literatura latino-americana, com todos os defeitos que um Lezama Lima possa ter, é, em seus diferentes aspectos, cheia de seiva, de ironia, de força e de invenção. Ela passa por diversos mundos: o hipercultural e mágico de Lezama Lima, o irônico e de pastiche de Manuel Puig ou o de invenção fantástica, que é o meu, para citar alguns. Os franceses descobrem nela, enfim, sempre uma mesma coisa: força. E usam sempre esta palavra para defini-la. "A literatura de vocês é forte, jovem", costumam dizer.

Eles falam sobre os nossos escritores como poderiam falar no plano físico sobre atletas, boxeadores: vêem sempre a presença de uma grande força. Os mais inteligentes me dizem que essa força já podia ser encontrada antes do chamado *boom* em um Sarmiento, em um José Eustaquio Rivera.

— *A presença do telúrico talvez seja vista como uma curiosidade folclórica.*

— Justamente. Um livro como *A voragem*, para citar um exemplo, foi considerado na Europa como um mero produto de literatura exótica. O que me parece positivo é que, hoje em dia, os escritores latino-americanos não são mais vistos assim. Os leitores encontram força neles não por razões folclóricas ou exóticas, mas pelo nível total de paridade dos seus valores com os valores de qualquer literatura européia.

Creio que uma das melhores esperanças revolucionárias está na literatura latino-americana, embora existam livros que não têm absolutamente nada de revolucionários. Um continente capaz de expressar-se no plano literário como a América Latina está fazendo pode fazê-lo também no plano da reivindicação total de uma soberania total.

— *A repercussão da literatura latino-americana fora do nosso continente... Vassilikos me dizia que os escritores gregos, para iludir a repressão e a censura, situavam os seus livros num país imaginário chamado "Boliguay". Não me parece uma casualidade: me parece um dado concreto.*

— E muito significativo. Eles provavelmente não pensaram nisso, mas é uma prova da influência do nosso mundo.

Tenho a sorte de receber a maioria dos livros que esses escritores jovens – e menos jovens – publicam. Assim que o livro sai eles mandam um exemplar para mim.

— *...e a desgraça, imagino, de não poder ler todos.*

— ...e também a de não poder dizer a todos se gostei ou não gostei do livro. Mas, de qualquer maneira, aquilo que consigo ler é de uma riqueza e de uma diversidade absolutamente extraordinárias, tanto no campo do conto como no do romance e da poesia (acompanho muito pouco o teatro escrito; prefiro *ir* ao teatro).

Minha memória é ruim e por isso posso estar sendo injusto mas há, por exemplo, no México, uma revista chamada *El Cuento*, dedicada ao gênero, que é uma maravilha. Grande parte de cada edição apresenta latino-americanos vivos, a quem são pedidas colaborações. Basta ler cinco ou seis números para descobrir uma quantidade imensa de pessoas, todas praticamente jovens, que fazem uma literatura esplêndida. E algumas delas ainda nem publicaram um livro.

— *Na época de* Amarelinha, *você dizia que os argentinos precisavam tocar o seu fundo mais amargo, tudo aquilo que uma história voltada de costas para o país lhes escamoteou durante muito tempo, para depois remontarem a si próprios até chegar à verdade e serem o que têm que ser. Já se passou muito tempo desde então. Você tem encontrado sinais positivos de que este processo possa estar em curso?*

— Sim, a nova geração argentina está seguindo uma linha que tem dado ou pode dar coisas extraordinárias.

E já que estamos falando de contos, a Argentina tem autores tão variados e criativos como Rodolfo Walsh, Luisa Valenzuela e Pedro Orgambide, os primeiros três que me vêm à memória mas que existem *inter alia*. São contistas que avançam a fundo no terreno da experimentação lingüística e temática, dão tremendas sacudidas na linguagem. Os resultados podem, ocasionalmente, ser discutíveis, mas o que conta é que esses escritores se negam a aceitar a herança do pai literário...

— Você menciona Walsh, um escritor seqüestrado por cuja vida se teme neste momento. Um caso semelhante é o de Haroldo Conti. O poeta Francisco Urondo morreu em combate. Juan Gelman, como tantos outros, está no desterro. Na sua opinião, como as condições da ditadura e da repressão argentina influenciam o desenvolvimento da literatura, para não falar da vida inteira do país?

— No plano dos fatos, a ditadura militar desmantelou e segue desmantelando um aparato cultural de grande valor, e o faz com total desprezo e uma não menos total brutalidade. O que aconteceu com Haroldo Conti, com Di Benedetto e com Rodolfo Walsh, sem falar de centenas de jornalistas e outros intelectuais, dá a medida deste genocídio cultural. Mas, no plano básico, a tortura, a morte e o exílio não têm nem terão uma influência decisiva no desenvolvimento de nossa literatura, pois há uma vontade maior de continuar escrevendo contra o vento e a maré, dentro ou fora do país.

A maioria dos livros ou manuscritos que recebo procede de países onde há cada vez mais argentinos exilados. A ditadura não tem nem terá o menor poder sobre isso. Ela não pode nem poderá fazer nada contra isso.

— Jorge Luis Borges, que, como você me dizia, foi o seu indiscutível mestre literário – e há razões para isso –, deu, no plano político, um apoio total ao atual governo argentino, e visitou Pinochet, de quem recebeu uma condecoração. Como você vê a atitude dele nesse plano?

— Eu imaginava que não sairíamos desta conversa sem que aparecesse a sombra ilustre. Sim, ilustre. Digo isso sem ironia, porque já deixei claro o reconhecimento à lição de rigor e de economia de linguagem que devo – devemos – a Borges. Mas o outro, o cego integral, aquele incapaz de aceitar o que a sua inteligência não pode ocultar-lhe no plano da história, este não merece mais que o meu silêncio. Nem condená-lo vale a pena.

VII.

"A Revolução Cubana me despertou para a realidade da América Latina. Foi quando, de uma indignação meramente intelectual, passei a dizer a mim mesmo: 'É necessário fazer alguma coisa'."

— GOSTARIA *de reconstruir um pouco o seu itinerário político. Em uma determinada época, você interpretou mal, rechaçou ou fugiu do fenômeno do peronismo?*

— Eu pertencia a um grupo de pequeno-burgueses que, por razões de classe social, era antiperonista. Este grupo confundiu o fenômeno representado por Juan Domingo Perón, Evita Perón e boa parte da sua equipe de malandros com um fato que não devíamos ter ignorado mas ignoramos: Perón criou as condições para a primeira grande convulsão, a primeira grande sacudida das massas argentinas. Havia, enfim, começado uma nova história do país. Hoje isso é claríssimo, mas naquela época a gente não soube entender.

Os choques, os atritos e a sensação de violação que sentíamos cotidianamente com o transbordamento popular impediram aqueles jovens burgueses que liam em vários idiomas de entender o fenômeno.

Aqueles alto-falantes que ficavam nas esquinas gritando "*Perón, Perón, qué grande sos*" nos incomodavam muito porque o seu som se misturava ao som do mais recente concerto de Alban Berg que estávamos ouvindo. Essas coisas produziram na gente um equívoco suicida. Muitos de nós saímos do país.

Mas a história é muito paradoxal. Observe você que o fato de termos ido embora foi, em alguns casos, bastante útil. Se eu tivesse ficado na Argentina, provavelmente não teria entendido nunca o que acontecia em meu próprio país.

Coloquei um oceano entre mim e a Argentina e logo depois chegou a Revolução Cubana. Já disse muitas vezes, e também já disse a você, que, na verdade, o que me despertou para a realidade latino-americana foi Cuba.

— *Por quê?*

— Por uma razão muito simples. O processo que, num plano mais privado, mais pessoal, havia começado comigo aqui em Paris na época de "O perseguidor" e de *Amarelinha*, aquela espécie de descobrimento do próximo e, por extensão, de uma humanidade humilhada, ofendida, alienada, a repentina abertura minha a uma série de coisas que até então para mim não passavam de simples telegramas da imprensa – a guerra do Vietnã, o Terceiro Mundo – e que me haviam conduzido a uma espécie de indignação meramente intelectual, sem nenhuma conseqüência prática, desemboca, em um dado momento, em uma mensagem para mim: "Você tem que fazer alguma coisa." Tratei de fazer.

Minha primeira viagem a Cuba, em 1962, foi fazer algo. Descobri em Cuba um povo que havia recuperado a dignidade. Vi um povo humilhado ao longo de sua história – os espanhóis, o machadismo, Fulgêncio Batista, os ianques e tudo mais – assumir a sua personalidade. Pessoas de todos os escalões – desde os dirigentes a quem praticamente não vi, até os sertanejos, os alfabetizadores, a gente de profissão modesta, os cortadores de cana – todos, enfim, descobriam que eram indivíduos e tinham um papel a cumprir.

Foi uma experiência catártica para mim. Mexeu profundamente comigo.

Em Cuba, vi com entusiasmo manifestações populares gigantescas, semelhantes àquelas que em Buenos Aires havia olhado com espanto. Foi uma experiência que me obrigou a caminhar ao passado para ver as coisas outra vez.

— *Depois do golpe de setembro de 1973, você mergulhou de cabeça na solidariedade à resistência chilena.*

— Acompanhei muito de perto a experiência da Unidade Popular. Estive duas vezes no Chile. Fiquei amigo de Allende e de muitos escritores e intelectuais chilenos.

Vivi, com uma mistura de emoção e espanto, a tentativa – com todas as limitações e problemas que havia – de se chegar ao socialismo em um dos países do Cone Sul.

É óbvio que, com o golpe, a preocupação com o Chile se tornou capital para mim. Por isso, me coloquei à disposição da resistência, naquilo que pudesse fazer de útil.

Em primeiro lugar, resolvemos fazer um livro coletivo: *Chili: dossier noir.* Foi um bom trabalho, tanto do ponto de vista da intensidade – quatro meses bastante pesados – quanto da qualidade. O francês médio, muito interessado no caso chileno, teve a possibilidade de ter toda a documentação e extrair dela as suas próprias idéias, as suas próprias conclusões. Não é um livro de análise: é um livro de documentação, ainda que seja óbvio para onde tendia a simpatia dos autores.

Mais tarde, ao lado de García Márquez, me incorporei ao Tribunal Bertrand Russell. O caso chileno – as torturas, as execuções, as violações dos direitos humanos – foi um dos temas do Tribunal. Uma outra reunião, realizada em Bruxelas, tratou das empresas multinacionais.

— *Você publicou um livrinho curioso sobre a reunião de Bruxelas:* O Fantasma contra os vampiros. *Como surgiu esta idéia?*

— Sempre me indignou o fato de que o bloqueio da comunicação na América Latina – montado com perfeição pelas agências noticiosas do imperialismo norte-americano – e as complicações internas tivessem conseguido fazer com que grande parte dos nossos povos ignorasse os trabalhos e as sentenças do Tribunal Russell. Por uma série de circunstâncias curiosas, um dia chegou às minhas mãos uma revista mexicana de quadrinhos em que havia uma aventura do Fantasma da qual eu próprio era personagem. Decidi aproveitar as imagens e, mudando o seu sentido e agregando textos, mostrei como os genocídios culturais não são obra de um louco solto que incendeia bibliotecas, como naquela historieta, mas que se trata, sim, de uma manobra perfeitamente montada contra nossas culturas e nossas lutas por uma soberania material e intelectual.

Consegui que o livro fosse vendido em edição popular, em bancas de jornal, e incluí nele a sentença do Tribunal Russell a respeito das ditaduras do Cone Sul. Ele foi muito positivo. Milhares de pessoas foram informadas sobre coisas a respeito das quais não tinham a menor idéia. O livro, logicamente, mal entrou na Argentina ou no Chile, mas muitos exemplares passaram de mão em mão e a sua eficácia foi plenamente comprovada. Além disso, foi uma boa prova do que um escritor responsável pode fazer para transmitir uma mensagem ideológica ao seu povo.

— *Suponho que toda essa atividade de solidariedade lhe tomou tempo, tirou você do seu trabalho estritamente literário. Como lidou com essa dificuldade?*

— Há quatro anos tenho dado prioridade à atividade política. Mas, mesmo assim, como você sabe, publiquei dois livros de contos, *Octaedro* e *Alguém que anda por aí*.

Para escrever estes livros, sobretudo o último, fui obrigado a encontrar, com muita dificuldade, um espaço livre extremamente precário dentro de um tempo terrivelmente ocupado, um tempo inteiramente dedicado, por um lado, à causa da resistência chilena e, por outro, através dos meus compatriotas que se exilaram em Paris, à questão argentina.

Em um certo momento, as condições políticas me levaram a crer que era mais útil dar o ombro ao Chile. Até há relativamente pouco tempo a Argentina vivia uma situação até certo ponto flutuante. Falo do período em que Campora esteve no governo e da volta de Perón. Quem estava fora do país não tinha muita coisa a fazer, até que um dia tudo se degradou e chegamos à situação atual.

Voltando ao Chile. Tudo era muito confuso e muito difícil, até que foram estabelecidos parâmetros. Foi necessário esperar. Não era o caso de cair no trabalho demagógico, de dizer "estou com este grupo ou com aquele".

Você sabe que eu não milito concretamente em nenhum partido político, em nenhum grupo, nem da Argentina nem do Chile.

Tive alguns problemas justamente no Chile. Como era de se esperar, todos os grupos de esquerda tentaram me cooptar fraternalmente. O MIR, o MAPU e os socialistas queriam a mesma coisa: que eu fosse o seu porta-voz.

Achei, no entanto, que uma pessoa como eu poderia ser mais útil se não optasse por nenhum dos grupos. Nunca quis fazer e não vou fazer uma opção como esta. Entendo, claramente, que a saída é organizar uma resistência total. É melhor do que ficar perdendo tempo, energia e resultados – como acontece, tristemente, nos dois países – porque cada um tem que seguir o seu grupo. Com isso, a possibilidade relativa do desenvolvimento de um trabalho comum fica perdida.

Mas vou acabar de responder a sua pergunta. Depois das sessões do Tribunal Russell, participei de muitos encontros pela causa chilena – a Bienal de Veneza de 1974, a Feira de Frankfurt de 1976, o Festival de Nancy deste ano, a Comissão de Helsinque, reunida no México e o Museu Salvador Allende, com o qual, inclusive por razões estéticas, gosto de colaborar, pois é ao mesmo tempo um trabalho intelectual e um trabalho político.

— *Além do tempo que cada uma consome, como coexistem em você a atividade política e a literária?*

— Nunca consegui e nem conseguirei chegar jamais à síntese ideal defendida por muitos revolucionários, segundo a qual o escritor e o político devem ser praticamente a mesma coisa. Para eles, a literatura e a política devem ser de fato uma coisa só, devem ser feitas ao mesmo tempo.

Talvez isso funcione em uma determinada estrutura humana, mas eu não funciono assim.

Quando faço política, faço política, e quando faço literatura, faço literatura. Mesmo quando faço literatura de conteúdo político – como *O livro de Manuel*, por exemplo –, faço literatura.

O que eu simplesmente faço é colocar o veículo literário, não direi a serviço, mas em uma direção que possa ser politicamente útil. Parece-me que este é o caso do *Livro de Manuel.*

— *Um livro que recebeu muitas críticas. Qual a sua opinião sobre elas?*

— Você deve se lembrar de que o livro é precedido de uma notinha que serve para mostrar que posso ser louco mas não sou bobo. Era possível prever perfeitamente o tipo de reação negativa que o livro despertaria. De um lado, por parte dos aficcionados da literatura da direita liberal ilustrada; e de outro, por parte dos meus próprios companheiros de estrada da esquerda. Este jogo duplo de mal-entendidos aconteceu absoluta e literalmente.

— *Cite-me alguns casos.*

— Cito, por exemplo, um artigo de um certo senhor Revol, publicado por *La Nación,* de Buenos Aires. É uma espécie de longo lamento. Ele deplora a morte literária de uma pessoa que, enquanto fazia literatura pura, privilegiou todos os desejos e ambições da classe à qual pertence, mas que agora, ao introduzir a política e a história em um livro, trai naturalmente o seu passado glorioso.

— *E as críticas do outro lado?*

— A mesma coisa, a reação prevista. O livro foi imediatamente acusado de frívolo por aquela parte da esquerda que não entende que se possa usar em um livro sobre um aparelho de guerrilha urbana um tom um pouco desapegado e brincalhão, como é o comportamento adotado muitas vezes pelos personagens do *Livro de Manuel.*

É claro que os mal-entendidos da esquerda me doem. Os da direita, não levo a sério. Até porque teria sido estranho se a direita não tivesse ficado zangada com o livro.

O fato de o livro não ter sido entendido por setores da esquerda me preocupa dentro de uma perspectiva de transformação latino-americana a que todos aspiramos. No entanto, acredito também que a reação a ele revela quais são os pontos que temos que continuar atacando, onde temos que continuar insistindo.

Pouca gente da esquerda leu no *Livro de Manuel* algumas coisas que eram ditas a ela, de companheiro para companheiro. Às vezes acho que estas pessoas fizeram de conta que não era com elas, que não se tratava delas.

Lembro que quando o livro saiu, o Padre Mújica, de Buenos Aires, e Raimundo Ongaro, uma pessoa que respeito muito, escreveram textos violentos contra ele. O Padre Mújica disse, por exemplo, que a revolução não podia ser tratada como uma brincadeira.

— *Voltamos à sua noção de brincadeira.*

— Justamente. Não se deram conta de que há brincadeiras e brincadeiras, de que a minha noção de brincadeira – demonstrada exaustivamente ao longo de tudo o que fiz – é séria e profunda. Eu acho que a brincadeira é uma atividade essencial do ser humano. Confundir brincadeira com frivolidade é uma primeira distorção.

— *Pode-se pensar que esses críticos estavam esperando um "outro" livro seu sobre o tema.*

— Suponho que sim. O que muitos esperavam era um livro que fosse simplesmente mais um livro de militância política, pouco crítico e muito maniqueísta. Aquela coisa: "Temos que acabar com o fascismo; as ditaduras são execráveis; o revolucionário é um sujeito formidável que está arriscando a vida a cada cinco minutos."

Tudo isso é absolutamente correto, na perspectiva geral: do ponto de vista do destino histórico, as ditaduras são ruins, e do ponto de vista do que eles têm que fazer e do que se espera que façam, os revolucionários são bons.

Mas, quanto mais você entra mais no território da realidade, quando a sua atenção fica mais concentrada no campo revolucionário, você começa a ver que também nele é possível começar a fazer distinções muito duras e muito penosas, você começa a encontrar também os bons e os maus no ambiente revolucionário. E no lado dos bons, também pode fazer outra divisão: entre a dos bons que têm razão e a dos bons que podem não tê-la, etecétera, etecétera, etecétera, quase ao infinito.

Quanto mais me envolvo em ações que dizem respeito ao Chile, o meu problema atual, mais me espanta ter que trabalhar com companheiros que são formidáveis pelo tipo de trabalho que estão fazendo mas que me obrigam, ao mesmo tempo, a pensar – e asseguro que dói ter que dizer isso – sobre o que aconteceria se aqueles rapazes tomassem algum dia o poder revolucionário.

— *O que eu vejo no* Livro de Manuel *é uma tentativa de desmistificar toda uma concepção revolucionária monacal; de dizer que os fatos políticos acontecem com seres humanos, que não deixam de ser seres humanos por pertencerem a esta ou aquela organização, e que podem, devem e é inevitável que combinem a ação política com o fato de fazer amor, de comer um espaguete ou de sair para dar uma volta nos Champs Elysées, se vivem em Paris.*

— Totalmente de acordo com você. Houve gente que, efetivamente, leu e viu o livro um pouco como eu queria vê-lo: como uma tentativa de convergência de um conteúdo atual, histórico, cotidiano da América Latina, mantendo ao mesmo tempo aquilo que eu posso fazer no plano da literatura, sem sacrificar absolutamente nada.

Alguns leitores e um ou outro crítico compreenderam isso individualmente. Os outros não quiseram ver coisas que os incomodavam, pois enfiei algumas vezes os dedos nos seus olhos. E não é que não soubessem ver: no fundo, sabiam do que eu estava falando.

— *O que você acha daquelas críticas sérias, de fundo, que foram feitas ao* Livro de Manuel*?*

— Vi uma aliança da honestidade com a inteligência. Rejeito, automaticamente, as críticas que nascem do ressentimento e os mal-entendidos iniciais cometidos por aqueles que achavam que *O livro de Manuel* era uma tentativa de descrever algo que eu não tinha o direito de descrever e por isso o condenaram.

Mas Angel Rama, por exemplo, caminhou em outro sentido. Fez uma crítica muito dura do livro, encontrou uma série de defeitos, de promessas não cumpridas, de caminhos interrompidos, mas a crítica dele foi profundamente honesta e me ensinou e continuará a me ensinar muito. Eu tenho consciência de que *O livro de Manuel* tem múltiplas limitações, entre outras coisas porque foi escrito contra o relógio, pois eu queria que o seu lançamento tivesse um grande efeito político.

Em uma palavra: a crítica que me interessa é aquela que entendeu as intenções básicas do livro; que não se trata de um livro revolucionário "às secas", já que eu não sei como se faz uma operação de guerrilha, e, além disso, não sou um escritor realista; não sei descrever, sei inventar.

Acho que deixo entrever muito claramente, através do senso de humor, que aquele aparelho de guerrilha não tem a menor importância em si. O que conta é todo o trabalho interno de reflexão e de crítica das condutas revolucionárias, explicitado pelo comportamento dos personagens, pelos diálogos etc., elementos que podem ser discutidos e até rejeitados, mas aos quais, curiosamente, quase ninguém fez uma referência concreta.

— *O balanço, então.*

— Para mim, muito favorável. Como não tenho falsas vaidades e sabia perfeitamente o que ia acontecer, creio que, de alguma maneira, o livro cumpriu sua finalidade.

Ele demonstrou, me parece, que cada um à sua maneira e a partir de perspectivas diferentes deveria se propor a escrever livros que sejam, *mutatis mutandi*, como *O livro de Manuel.*

Não o digo comparativamente e sim a partir de uma linha crítica positiva, de crítica revolucionária. Aquilo que digo no prólogo sobre a necessidade de "preservar, acrescentar e salvar o lado solar do homem, sua capacidade lúdica, erótica", etc.

— *O erótico no* Livro de Manuel *seria, então, uma forma a mais de busca do "outro", de uma nova dimensão?*

— Sim, é claro. Não é uma concessão à moda, como entendeu certa crítica, e sim uma tentativa de mostrar até que ponto temos que reinventar o mundo.

Uma das coisas que mais me choca na América Latina é o machismo. Até em países que fizeram a revolução, como Cuba, ele é um elemento negativo que terá de ser abandonado, por mais duro e difícil que seja, se o objetivo é o de se chegar a um homem verdadeiramente novo.

— *Eu me perguntava se não haverá uma coisa maior por trás dos mal-entendidos a respeito do* Livro de Manuel. *Lembro-me daquela polêmica que você teve com o escritor Oscar Collazos...*

— ...a minha polêmica – tire da palavra a conotação de rixa que ela tem na América Latina – com Collazos foi linda. Foi um intercâmbio útil de idéias entre dois companheiros que pensam de maneira diferente.

— *Você criticava certa visão demasiadamente ingênua ou demasiadamente estrita da realidade – essa "maldita palavra", como você a chamou – e do ato criativo. Ela podia conduzir a certas conclusões equivocadas quanto ao compromisso do escritor em relação à sociedade. Em primeiro lugar, qual é, para você, a verdadeira natureza do ato criador?*

— Creio que o ato criador é uma espécie de resposta humana à realidade que se enfrenta. Esta resposta pode ser dada em planos distintos: ela pode perfeitamente ser a resposta imitativa de um homem que, satisfeito com a realidade, pode criar fazendo uma espécie de elogio, um Hino de São Francisco: o elogio ao irmão sol, ao irmão pássaro, a uma Natureza harmoniosa, organizada teologicamente pela divindade.

— *Para você, então, a literatura não é necessariamente a negação da realidade real?*

— Não, absolutamente. A resposta à qual me referia pode ser de harmonia, de aceitação da realidade real. É claro que em nossos tempos, agora que Deus está morto, a realidade exterior passou a ser um grande campo de batalha. Em que plano, nós, escritores, podemos responder a ela? Para mim, no plano que considero mais importante: o da tentativa de modificá-la.

Creio que, pelo fato de criar, o homem criativo introduz elementos novos ou questiona elementos que considera ultrapassados. Ele quebra, através da sua influência literária, um certo tipo de coisa.

Não estou, ao dizer isso, fazendo uma idéia messiânica da literatura, como faziam os românticos ao considerar o poeta como um Legislador Supremo ou alguém que vai mudar a realidade. Não, em absoluto. Mas continuo acreditando, como Rimbaud, que "*il faut changer la vie*", que há que mudar a vida.

No plano político, o socialismo é uma resposta, é uma tentativa de mudar a vida. O criador, no plano estético, no plano literário, também dá a sua resposta. É neste ponto que eu discordava de Collazos, porque a noção que ele tem da dialética entre o escritor e a realidade pressupõe uma certa realidade que não é a minha. Eu não a vejo como ele a vê e, conseqüentemente, nossas respostas são diferentes.

— *Gostaria que você ampliasse um pouco mais isso que me dizia sobre a atitude crítica que um escritor deve ter, e o que pode ser alcançado através dela.*

— Eu continuo achando que a crítica deve existir nas melhores sociedades socialistas. Vamos imaginar que o socialismo resolva os seus múltiplos problemas, que realmente cheguemos ao homem novo, que se atinja o ideal de Che Guevara. Você acredita que os escritores vão se dedicar a comentar essa realidade à qual se chegou? Ora, eles sempre irão encontrar coisas que não estão indo bem e terão razão, porque a perfeição não é coisa deste mundo.

Assim, creio que não se trata tanto da relação do escritor com a realidade política e social que o cerca, mas sim – o que acredito ser fundamental – a relação dos quadros dirigentes com o escritor.

Vou me explicar melhor: é perfeitamente lógico e coerente que os dirigentes políticos de um país, que se movem dentro de um determinado leito, se sintam sobressaltados, inquietos e até indignados quando aparece alguém a quem vêem como uma espécie de franco-atirador, o poeta ou o escritor de plantão, e lhes diz: "Não, isso não está certo e será necessário fazer isto e aquilo."

Há um tremendo problema que se dá não só no campo socialista mas em todos os campos: a visão de que a crítica é sempre programática e, portanto, não é bom que em um determinado momento se escreva algo que possa servir como fator desmoralizante de uma determinada política.

Creio, então, que um escritor consciente tem, antes de se manifestar, saber muito bem até que ponto a sua crítica pode ser construtiva ou negativa. Isso não significa ficar covardemente calado, mas sim compreender a diferença entre tempo e contratempo, e acatá-la, revolucionariamente.

Creio também – e vou dizer isso com todas as letras porque não tenho por que me calar – que os aparatos dirigentes revolucionários, todos, sem exceção, demonstram, com menor ou maior discrição, uma clara desconfiança dos intelectuais, e em alguns casos esta desconfiança vem acompanhada de uma considerável dose de desprezo.

Eles agem às vezes como se o intelectual fosse uma espécie de luxo, de espectador do movimento revolucionário. E os movimentos revolucionários têm, como ponto essencial, a direção política e os problemas técnico-econômicos. Não duvido da importância destes aspectos, até porque eu não dou aos intelectuais a importância que muitos deles se atribuem. Posso entender perfeitamente que um ministro da Economia se dedique exclusivamente à economia ao invés de ficar lendo romances ou indo ao cinema.

O que não aceito é que há por aí, nesses aparatos revolucionários, ministros da Economia que se permitem opinar sobre literatura e emitir juízos antiintelectuais, quando nós, intelectuais, não nos permitimos emitir opiniões sobre políticas econômicas porque não as temos nem somos, em geral, capazes de tê-las.

Nesse sentido, a divisão do trabalho deveria se basear no respeito mútuo. E freqüentemente isso não acontece.

Gostaria de acrescentar que estamos aqui numa conversa informal e estou manifestando apenas algumas idéias genéricas, que deveriam ser desenvolvidas cuidadosamente, coisa que obviamente não podemos fazer agora. Digo isso porque no campo da política as reações são sempre violentas. Não faltarão aqueles que gastarão muito tempo e muitas páginas para criticar minhas afirmações.

No campo da política, o maniqueísmo é quase sempre um monarca absoluto – e eu não serei nunca um maniqueísta.

VIII.

"No meu caso, a literatura tem sido uma atividade lúdica – com toda a seriedade que para mim tem o jogo. E escrever tem me feito muito feliz."

— PODEMOS VOLTAR *à literatura? Ainda que já tenhamos mencionado alguns contos de* Octaedro, *gostaria de falar um pouco mais sobre ele.*

— *Octaedro* não é um recuo, porque não sou eu quem vai pensar em dar um passo atrás, mas uma nova expressão daquilo que é profundamente meu, quer dizer, o direito à invenção, a imaginação pura em forma de contos em sua grande maioria fantásticos.

— *A velha linha.*

— A velha linha, sim. A constante que se insinua, inclusive, de uma maneira mais econômica, mais primária, nos romances.

Mesmo no *Livro de Manuel*, se você olhar direito, há elementos não do tipo fantástico, mas de um humor que foge ao habitual: o caso do fungo cultivado por Lonstein, o caso do pingüim turquesa. Elementos que não parecem sérios para os que não entendem o que é a verdadeira seriedade.

— *Acho que você não deveria ser considerado um escritor fantástico porque os que são não procuram esta conexão de mundos que é obsessiva em você.*

— De acordo: é a diferença que existe entre Borges e eu. Os grandes, os geniais contos fantásticos de Borges, como "El jardín de los senderos que se bifurcam" e muitos outros, apresentam um fantástico inteiramente dissociado do real. Sem dúvida, eles têm, do ponto vista da obra literária pura, uma grande beleza geométrica e cristalina, mas há uma separação de mundos que é cabal, definitiva.

O meu fantástico invadiu o cotidiano desde o princípio. Além disso, ele é o cotidiano. Uso o termo fantástico apenas por uma questão de vocabulário, nada mais. E também porque, de qualquer maneira, se trata de coisas que são diferentes de pedir um copo d'água e recebê-lo.

Repito que se o homem é bastante poroso, bastante permeável para não aceitar a noção de realidade aristotélica que herdou da cultura ocidental, imediatamente uma série de elementos, vamos chamá-los de fantásticos, começam a atuar sobre ele e se tornam tão naturais quanto somar dois mais dois.

— *O que acontece, porém, é que não temos fórmulas matemáticas para isso.*

— Não, não temos, e uma das finalidades não explicitadas no *Livro de Manuel* é precisamente manifestar a esperança de que uma revolução como eu a vejo ou imagino abra ao homem possibilidades virtuais que lhe permitam adquirir, finalmente, uma porosidade que o enriquecerá de maneira vertiginosa.

Reich diz que, no plano sexual, somos uns primatas e não usamos nem dois por cento de nossa capacidade erótica. Creio que isto também vale para outras atitudes nossas – para a imaginação, para a invenção, para essa coisa que eu chamo de permeabilidade. Se chegássemos à plenitude, creio que a noção de fantástico se dissolveria.

— *Sim, mas onde, como? Em que território vive Paco, seu amigo que está doente e morrendo no conto desesperado de* Octaedro*?*

— Digo muito claramente que a história de Paco não é, para mim, um conto. É claro que o leitor tem o direito e até a obrigação de considerá-lo uma ficção. Mas não há ali absolutamente nada de ficção. E eu procuro dizer isso desesperadamente.

Quando sonho com Paco, um amigo da juventude, a *qualidade* do sonho é diferente da qualidade dos sonhos ordinários. Esta é uma coisa que acontece comigo agora, e sei que vai acontecer pelo resto da minha vida. Eu tenho sempre a impressão nítida de estar entrando, através do sonho, em uma outra dimensão, em um outro tempo onde ele está vivo mas está doente e está morrendo: isto é o mais desesperador. E queria vê-lo feliz e contente nessa outra dimensão do tempo.

Mas volto a vê-lo como via ao final de sua vida, ao término de uma agonia muito longa provocada por uma doença nos rins que o foi minando aos poucos até uma morte muito triste.

O espantoso desses "sonhos" é que tudo volta a se repetir ciclicamente, e eu não posso aceitá-los como sonhos.

— *Nem os mais reiterativos que você tem, como o da "cidade" de 62, a qual volta a mencionar nesse conto?*

— Quem dera que Paco aparecesse na "cidade", mas são intuições diferentes e com um senso de realidade que os sonhos nunca me deram.

— *Um fato excepcional, e conseqüentemente fantástico.*

— Tenho que reconhecer que é um fato fantástico. Ele escapa inteiramente ao verossímil. Ninguém, em são juízo, tem motivos para aceitar que Paco está cumprindo, em algum lugar do tempo e do espaço, uma condenação que é estar enfermo e morrendo. Para mim, no entanto, é uma evidência que não me abandonará nunca.

— *Os caminhos que levam a Paco podem ser os da literatura?*

— Escrever, para mim, é tentar sonhar, é uma tentativa de romper barreiras. Acontece, às vezes, que ao escrever algumas janelas se abrem.

Escrevo em um estado equivalente ao do sujeito que se drogou: um estado ao mesmo tempo de distração e de concentração total no que estou fazendo.

Ao escrever contos, sempre me sinto um pouco como um médium; vejo as frases nascerem com uma certa independência das minhas decisões, como se estivessem sendo ditadas por alguém. Não tenho problemas para assinar os romances, mas tenho uma certa vergonha de assinar os contos. Não estou certo de ser eu o autor deles.

Não conheço o final da maioria dos meus contos. Não sei o que vai acontecer neles e creio que, se soubesse, isso mataria os contos em mim. Seriam uma simples construção literária: princípio, meio e fim. Seria apenas escrevê-los bem.

O que eu tenho, como ponto de partida, é uma sensação global. No "Manuscrito encontrado em um bolso", por exemplo, o que aconteceu foi que vi o reflexo de uma mulher no vidro do metrô. Os nossos olhares se cruzaram, mas a *politesse* francesa a impediu de me olhar diretamente; o contato era feito através dos nossos reflexos no vidro da janela. Foi aí que tive a idéia do jogo. Mas não sabia, absolutamente, como tudo iria terminar. O conto foi se escrevendo sozinho.

Nunca tento me opor a qualquer bifurcação que se produza em relação à idéia prévia que tinha. É comum – no *Livro de Manuel*, por exemplo, há muitos caminhos que eu não havia imaginado – um personagem fazer ou dizer alguma coisa ou seguir em uma determinada direção apesar de eu ter uma vaga idéia de que ia tomar a direção oposta.

— *O conto "Verão", com sua atmosfera realista e personagens comuns atingidos por coisas extraordinárias, parece ser um exemplo perfeito da sua idéia de fantástico.*

— Esse conto acontece na minha casinha de Saignon, onde passo o verão. De certa forma é um conto neurótico, um produto de um mau momento da minha vida. O cavalo que luta para entrar na casa condensa os meus próprios fantasmas.

Se você quiser encontrar uma explicação alucinatória, o cavalo branco é um pouco a encarnação do sentimento de culpa dos personagens, que estão chegando ao final de uma relação pessoal.

— *O conto "Lugar chamado Kindberg" parece fora de lugar em* Octaedro.

— Sim, porque não tem absolutamente nada de fantástico. É um conto autobiográfico. Um conto escrito por um homem sincero que sente que está envelhecendo. Ele tem um encontro com uma adolescente que lhe mostra tudo o que ele poderia ter sido e não teve coragem de ser, e quando já não há mais tempo para que seja. Então, o melhor é se enfiar num carvalho a 160 quilômetros por hora. É o que faz o personagem.

— *"As fases de Severo" talvez seja o conto mais inquietante, mais desconcertante, de* Octaedro.

— Ele também me deixa inquieto, como "Casa tomada", aquele continho de *Bestiário*. Um dia eu me perguntei por que, entre todos os meus contos, "As fases de Severo" é o que mais me inquieta. Acho que agora tenho a explicação: ele é a reprodução exata de um pesadelo que tive.

Eu sonhei o conto. A diferença entre o sonho e o conto é que no sonho não havia aquele par de irmãos. Eu estava só. Bem, foi um pesadelo típico: você começa a ter medo de algo inominável, de uma coisa que nunca chega a saber o que é porque o terror é tão grande que você acorda antes da revelação.

Nesse caso, o problema eram uns ruídos confusos que me obrigavam a me atirar contra as portas, a fechá-las e a ir recuando – e os ruídos continuavam avançando e alguma coisa tomava a casa.

É curioso, mas me lembro exatamente como aconteceu: era pleno verão em minha casa de Villa Parque, em Buenos Aires. Acordei banhado de suor, já desesperado, diante daquela coisa abominável, e fui diretamente para a máquina de escrever. Em três horas o conto estava escrito. Um passo direto do sonho ao texto.

Eu acredito que o interesse das pessoas pelo conto tem a ver não apenas com o prazer literário que possa proporcionar a elas, mas com alguma coisa que toca as suas próprias experiências profundas. Aquilo que dizíamos de Jung e do inconsciente coletivo.

"As fases de Severo" nasceu de uma espécie de alucinação visual. Um dia eu estava lendo ou ouvindo música – não posso precisar –, e em um dado momento me apareceu um rosto humano totalmente coberto de mariposas e carunchos.

Aquela cara prateada, móvel, coberta por centenas de animais, como certas máscaras astecas ou equatorianas, produziu em mim uma sensação de horror.

Foi tudo que vi. De repente, senti que o conto estava ali, que aquela coisa fazia parte de uma série de rituais. Mas isso não bastava para escrever um conto. Severo é uma espécie de profeta, de xamã, que naquele clima de velório – onde parece que está sendo velado – prediz os destinos, anuncia a ordem em que vão morrer os presentes. Foi uma coisa inventada no momento em que vi o conto inteiro, porque, se tivesse me limitado a descrever as fases não teria tido um conto.

— *Vamos descer mais uma vez ao inferno provisório que é o metrô: "Pescoço de gatinho negro", o último conto de* Octaedro.

— O "Manuscrito encontrado em um bolso" surgiu do reflexo de uma cara de mulher numa janela. "Pescoço de gatinho negro", do encontro casual de minha mão com a mão de uma mulher no corrimão de um vagão. Logo senti a possibilidade de algo mais obsessivo, de as mãos jogarem um jogo independentemente da vontade de seus donos; uma espécie de ninfomania concentrada nas mãos – se você quiser dar uma explicação psicológica –, mas que eu vejo como algo absolutamente fantástico: uma mulher condenada ao pior dos destinos porque não é dona das suas mãos.

Depois descobri que esse relato tinha procedências muito claras. E direi quais – coisa que poucos escritores fazem – para poupar o tempo e o trabalho dos investigadores de influências.

A mão sempre foi uma coisa muito mágica para mim. As mãos estão muito presentes em meus contos. Há um, "Estação da mão", em que uma mão entra por uma janela e se torna amiga de um indivíduo, mas ele, de tanto vê-la brincar com um pequeno punhal, passa a temê-la, e a mão percebe e vai embora.

Tenho uma espécie de obsessão pela mão. Talvez ela venha do fato de uma das primeiras mulheres que tive na vida ter me dito o seguinte: "A única coisa verdadeiramente interessante em você são as mãos: as suas mãos têm mais personalidade do que o seu rosto." E isso me marcou.

Para voltar às influências, me pergunto se um filme chamado *As mãos de Orlac*, o *leit motiv* de *Sob o vulcão*, de *Malcolm Lowry* – o cartaz deste filme está sempre por aí – não terá tido uma relação com o conto, de uma maneira inteiramente inconsciente.

— *O que* Octaedro *lhe deixou?*

— Assim, na ponta da língua, me deixou a vontade de fazer algumas tentativas em matéria de contos no plano experimental. Mas eu resisto à experiência sem uma validação. Preciso esperar que se apresente uma situação que leve a um conto, que, repentinamente, tenha a impressão de que com determinados dados eu possa mover um conto, fazê-lo andar dentro dos pressupostos teóricos que imagino.

— *De* Octaedro *a* Alguém que anda por aí. *Como você passou de um livro ao outro?*

— Um livro de contos não é mais do que o momento em que o autor terminou uma porção de contos. A distância entre um livro e outro é falsa. É possível que na tarde do mesmo dia em que o autor entregou o seu livro a um editor ele escreva outro conto que, por um simples acaso, não foi incluído no livro.

Não há uma intenção especial de dizer: terminei este livro de contos e agora vou começar outro. A noção de livro não existe quando se trata de contos.

É muito diferente do romance, este sim um ente autônomo. Além disso, quando termina um romance, o escritor está tão cansado que a idéia de escrever outro não lhe ocorre de maneira alguma. Com o conto ocorre o contrário.

A prova é que pouco depois de terminar os contos de *Alguém que anda por aí* e de mandá-los para o editor, fui a Londres e, ao tomar o metrô, vi várias vezes o pôster de Glenda Jackson que me deu a idéia de um conto que, se já não tivesse mandado o manuscrito, poderia ter entrado no livro.

— *Aqui está* Alguém que anda por aí, *fresquinho e cheirando a tinta, recém-chegado da Espanha. O que há dentro?*

— É um livro de contos meus. Há uma porcentagem de relatos fantásticos, uma porcentagem (que vai aumentando) de contos de indagação psicológica nos quais não acontece nada de fantástico, e dois ou três contos que são mais uma tentativa de mostrar, de fato, a coincidência entre literatura e política abordada no *Livro de Manuel.*

— *Há um precedente bastante distante no conto "Reunião", de* Todos os fogos o fogo.

— Exatamente. Um conto desse tipo é que dá título ao livro, "Alguém que anda por aí". Escrevi este conto no ano passado, em Cuba, depois de ter tido uma longa conversa com os rapazes do *El Caimán Barbudo* – rapazes que são militantes abnegados, que trabalham a fundo para a Revolução Cubana, mas que têm sérias dúvidas sobre o que poderíamos chamar de "literatura em liberdade".

São pessoas que mesmo sem aderir, pelo menos as mais inteligentes delas, à besteira do realismo socialista ou do famoso *conteudismo* – a literatura a serviço de um conteúdo revolucionário – continuam sem entender que uma obra literária não tenha pelo menos alguma "mensagem" imediata. Eles nunca disseram isso na minha cara – gostam de mim, me respeitam – mas continuam achando que mesmo não sendo contra-revolucionários, os contos fantásticos não servem para nada, são negativos, são formas de escapismo.

Depois de ter conversado com eles uma manhã inteira, num nível muito cordial, porque são inteligentes e educados, sustentei mais uma vez o meu ponto de vista sobre a literatura fantástica e notei as resistências ativas e passivas que provocava.

Voltei ao meu hotel e dois ou três dias depois, como acontece sempre comigo, desabou sobre a minha cabeça a idéia de um conto e me dei conta de que esse relato ia ser um desafio cordial que iria fazer a eles. Uma tentativa de mostrar que é possível escrever um conto fantástico – talvez o mais fantástico do livro – que também tenha conteúdo revolucionário.

Escrevi o conto e entreguei-o aos rapazes. Eles o publicaram no *El Caimán Barbudo*, mas – ato falho – não me mandaram um exemplar, ao contrário do que sempre faziam. É curioso: se lerem isto alguma vez, deveriam perguntar-se por que não me mandaram o conto. É interessante, do ponto de vista psicanalítico.

— *O livro está proibido na Argentina, onde teria que ter aparecido juntamente com a edição espanhola, não é assim?*

— Sim. Há dois contos – "Apocalipse em Solentiname" e "Segunda vez" – que despertaram a cólera da Junta Militar argentina. Exigem que eu os suprima para autorizar a edição do livro, razão pela qual ele será publicado – completo, logicamente – no México.

"Segunda vez" é um conto que não pode ser qualificado de fantástico, mas tem uma mistura de suspense, de mistério, que não é possível explicar racionalmente. Inclusive do ponto de vista prático as coisas não poderiam ter acontecido exatamente daquela maneira, mas ainda assim acho que é um conto que concentra em seis páginas parte do horror da repressão argentina.

Alguém da equipe do general Videla (que não é nenhum bobo) percebeu o perigo do conto, porque qualquer leitor argentino que não fosse um imbecil se daria imediatamente conta do que estava sendo dito.

— *Vejo que você incluiu no livro o conto "Reunião com um círculo vermelho", ambiguamente dedicado "a Borges".*

— Uma informação ao pé do conto esclarece a brincadeira irônica: "Este relato – diz – foi incluído no catálogo de uma exposição do pintor venezuelano Jacobo Borges", a quem é dedicado.

O conto parte de um quadro de Borges no qual os elementos vampíricos, vamos chamá-los assim, ricos de anormalidade, de aberração humana, são muito perceptíveis, como em toda a sua obra. Os quadros de Borges estão cheios de monstros, de personagens que avançam um pouco saindo de um cortinado sem que se saiba muito bem o que são, como nos quadros de Francis Bacon, que o influenciou muito.

Esse quadro me trouxe uma recordação de um episódio que me aconteceu na Alemanha. O episódio corresponde à primeira parte do conto; na segunda, irrompe o fantástico. Nesse sentido, não se deve confiar muito em mim porque eu vejo a realidade e o fantástico em um plano indiferenciado.

Tudo o que conto no princípio do relato aconteceu assim. Entrei no restaurante e senti medo porque cheguei à convicção absoluta de que ali havia vampiros. É evidente que a essa altura estão todos rindo, já que vampiros não existem.

Os vampiros não existem para quem não acredita neles, mas se alguém como eu tem a convicção de que o vampirismo é algo além de uma lenda e que pode haver casos tangíveis de vampirismo, compreenderá muito bem por que eu senti medo naquele lugar.

Tive medo por uma série de detalhes muito precisos que estão expostos no conto. Quando entrou a turista, que imaginei ser inglesa, me senti na obrigação de protegê-la, já que éramos as duas únicas pessoas que estavam ali naquela noite de chuva.

E não me mexi até que ela se foi, ainda que – e isto pode ser uma sugestão – tivesse a sensação palpável de que o pessoal do restaurante, a dona e os garçons, estavam me odiando por causa disso.

O que se segue é a inversão da situação: foi a turista que, tendo sido vampirizada, tratou de me proteger; e não pôde fazê-lo porque no final do conto eu mesmo vou e me entrego. Isso não me aconteceu, como demonstra o fato de estar falando com você agora.

— *Espero que você não seja um vampiro.*

— Bem, na verdade meus amigos acreditam no meu vampirismo porque tenho uma alergia muito forte ao alho. Desde os trinta anos não posso comer a mais insignificante quantidade de alho que tenho enxaquecas incríveis. E os vampiros são alérgicos a alho.

Até hoje os camponeses húngaros e romenos têm em suas cabanas réstias de alho, pois sabem que os vampiros são afugentados por duas coisas: alho e crucifixo, porque são criaturas do Diabo.

Salvo que aconteça como na paródia de Polanski, na qual, ao se ver diante de um crucifixo, um vampiro diz: "Não ligo para isso. Sou judeu."

— *Você dizia que* Octaedro *lhe deixou uma série de inquietudes experimentais. Você ensaiou alguma neste novo livro?*

— Tratei de cumpri-las, parcialmente. Há um conto que se chama "Você deitou-se ao teu lado" que parte de um aparente equívoco gramatical (você se deitou ao *teu* ao invés de ao *seu* lado) onde um narrador na terceira pessoa conta a história de uma mãe e seu filho e se dirige à mãe com o "senhora" enquanto chama o filho de "você".

Não foi muito fácil de fazer porque eu tinha que pôr a coisa para funcionar, imbricá-la dentro das frases, dentro do mecanismo do conto.

Faço isso porque penso que não se deve petrificar um determinado idioma. Uma vez que se tem uma técnica, é muito fácil utilizá-la continuamente. Não é divertido. E um escritor tem o direito de se divertir: escrever mecanicamente não tem nenhum sentido para mim.

E, além de tudo, se a experiência se realiza, você abre uma porta e uma janela. O manejo desta técnica nesse conto me deu, me parece, um relato que contado de maneira ortodoxa teria sido bastante aborrecido, teria sido um conto psicológico como tantos outros. Mas da maneira como foi escrito, acho que adquiriu um outro sentido, um outro sabor.

— *Algo mais em relação à experimentação?*

— Uma coisa que é uma experiência de segundo grau. Eu tinha entre os meus papéis um conto que se chama "A barca", escrito a mão em Veneza há vinte e quatro anos. Dez anos depois, em 1963, reli-o em Paris e adicionei-lhe uma nota: "É ruim, sem dúvida, mas me agrada." No ano passado – depois de outros quatorze anos – voltou a acontecer a mesma coisa.

Então, acreditei redescobrir que o que acontecia era que o conto não tinha uma solução verdadeira, que eu havia passado ao lado da verdadeira explicação. Em lugar de escrevê-lo de novo, porque não gosto do requentado e voltaria a ficar ruim, tive uma idéia – e nisso consiste a experiência – que não me pareceu de todo tola: uma mulher, que na primeira versão do conto era um personagem secundário, uma espécie de curinga, na segunda versão (que não modifica o texto original) aparece em intercalações, em letra menor, porque ela está metida dentro do conto e havia visto coisas que eu, como autor, não tinha visto. Com seus comentários, essa mulher vai direcionando o conto e dá a ele a verdadeira solução.

Não sei qual é o resultado final, inclusive hesitei muito em incluir o conto no livro, mas, definitivamente, creio que a experiência valeu a pena.

— *Bem, esta conversa terá que terminar em algum momento. O que fazer? Sei que teríamos ainda muito a conversar. Por exemplo, eu gostaria que me falasse do Cortázar cronópio.*

— Acredito que, através deste alegre caos que mantivemos ao longo da entrevista, eu e você demonstramos, de uma maneira incontestável, a nossa condição de cronópios.

— *Finalmente, Cortázar, o que foi para você ser um escritor? Uma bênção? Uma condenação?*

— De maneira nenhuma uma condenação. Eu falava da minha tristeza de não ter sido músico. Se pudesse refazer a minha vida, a música me interessaria mais do que a literatura. Mas acontece que foi a palavra que impôs a sua lei, e não apenas não o lamento como tenho a impressão de que ao longo da minha vida de escritor vivi bem.

Em primeiro lugar – você sabe disso, mas é útil repeti-lo –, porque nunca me levei a sério. Até hoje, com quatorze livros escritos, me nego a me considerar um profissional da literatura. Quando vou a países como o México, onde me chamam de "mestre", fico petrificado. A atmosfera de respeito que me recebe nos ambientes acadêmicos me produz uma mistura de irritação e graça. Penso: "Se estes sujeitos soubessem quem sou verdadeiramente, até que ponto não tenho nada de profissional...!"

Até a morte vou me considerar um amador, um sujeito que escreve porque tem vontade, porque gosta de escrever. Não tenho essa noção de profissionalismo literário, tão acentuada na França, por exemplo.

A literatura é para mim uma atividade lúdica, lúdica naquele sentido que eu dou ao jogo, à brincadeira, mais aquilo que você já conhece bem: uma atividade erótica, uma forma de amor.

Todas estas coisas, com seus altos e baixos, têm sido positivas para a minha vida. Não lamento, absolutamente.

Escrever me faz muito feliz. Sentir que em torno de minha obra há uma grande quantidade de leitores, sobretudo jovens, para quem meus livros significam algo, são companheiros de estrada, me faz muito feliz.

Isso me basta e me sobra.

Paris, dezembro de 1977

OBRAS DE CORTÁZAR

publicadas no Brasil

ALGUÉM QUE ANDA POR AÍ. Trad. de Remy Gorga Filho. Rio de Janeiro, Nova Fronteira, 1981.

OS AUTONAUTAS DA COSMOPISTA. Trad. de Josely Vianna Baptista. São Paulo, Brasiliense, 1987.

BESTIÁRIO. Trad. de Remy Gorga Filho. Rio de Janeiro, Expressão e Cultura, 1978 / Rio de Janeiro, Nova Fronteira, 1986.

FORA DE HORA. Trad. de Olga Savary. Rio de Janeiro, Nova Fronteira, 1984.

HISTÓRIAS DE CRONÓPIOS E FAMAS. Trad. de Glória Rodrigues. Rio de Janeiro, Civilização Brasileira, 1973.

O JOGO DA AMARELINHA. Trad. Fernando de Castro Ferro. Rio de Janeiro, Civilização Brasileira, 2000.

O LIVRO DE MANUEL. Trad. de Olga Savary. Rio de Janeiro, Nova Fronteira, 1984.

62 – MODELO PARA ARMAR. Trad. de Glória Rodrigues. Rio de Janeiro, Civilização Brasileira, 2001.

NICARÁGUA TÃO VIOLENTAMENTE DOCE. Trad. de Emir Sader. São Paulo, Brasiliense, 1987.

OCTAEDRO. Trad. de Glória Rodrigues. Rio de Janeiro, Civilização Brasileira, 2000.

ORIENTAÇÃO DOS GATOS. Trad. de Remy Gorga Filho. Rio de Janeiro, Nova Fronteira, 1981.

OS PRÊMIOS. Trad. de Glória Rodrigues. Rio de Janeiro, Civilização Brasileira, 1975 / Círculo do Livro, 1981.

PROSA DO OBSERVATÓRIO. Trad. de Davi Arrigucci Júnior. São Paulo, Perspectiva, 1974.

TODOS OS FOGOS O FOGO. Trad. de Glória Rodrigues. Rio de Janeiro, Civilização Brasileira, 1976.

UM TAL LUCAS. Trad. de Remy Gorga Filho. Rio de Janeiro, Nova Fronteira, 1982.